KB137717

리처드 3세

한국셰익스피어학회 작품총서 003

리처드
3세Richard III

윌리엄 셰익스피어 지음
김종환 옮김

도서출판 **동인**

발간사

　지금까지 셰익스피어 작품에 대한 번역은 끊임없이 다양한 동기에 의해
진행되어 왔다. 초창기 셰익스피어 작품 번역은 일본어 번역을 우리말로 옮기
는 작업이었다. 일본이 서구에 대한 수용을 활발한 번역을 통해서 시도하였기
때문에 일본어를 공부한 한국 학자들이 번역을 하는데 용이했던 까닭이었다.
하지만 이 경우는 문학적인 차원에서 서구 문학의 상징적 존재인 셰익스피어
를 문학적으로 소개하는 것이 목적이어서 문어체를 바탕으로 문장의 내포된
의미를 부연하게 되어 매우 복잡하고 부자연스러운 번역이 주조를 이루었던
것이 문제가 되었다.

　그 다음 세대로서 영어에 능숙한 학자들이나 번역가들이 셰익스피어 번
역에 참여하게 되었다. 셰익스피어 작품에 대한 수많은 주(note)를 참조하여
문학적 이해와 해석을 곁들인 번역은 작품의 깊이를 파악하는데 많은 도움이
되었다고 볼 수 있다. 하지만 셰익스피어 작품을 무대에 올리는 배우들에게는
또 다른 문제가 생길 수밖에 없었다. 문학적 해석을 번역에 수용하는 문장은
구어체적인 생동감을 느낄 수 없었고, 호흡이 너무 길어 배우가 대사로 처리
하기에 부적합하였다.

이런 문제점을 해결하기 위해서 번역가마다 각자 특별한 효과를 내도록 원서에서 느낄 수 있는 운율적 실험을 실시하기도 하였다. 그런 시도는 셰익스피어 번역에 새로운 분위기를 자아내었을 뿐 아니라 다양한 번역이 이루어져 나름의 의미가 있었다고 본다. 반면에 우리말을 영어식의 운율에 맞추는 식의 인위적 효과를 위해서 실험하는 것은 배우들이 대사 처리하기에 또 다른 부자연성을 느끼게 하였다.

한국에서 셰익스피어를 연구하는 학자들이 모이는 한국셰익스피어학회에서 셰익스피어 탄생 450주년을 기념하여 셰익스피어 전작에 대한 새로운 번역을 시도하기로 하였다. 우선 이번 번역은 셰익스피어 원서를 수준 높게 이해하는 학자들이 배우들의 무대 언어에 알맞은 번역을 한다는 점에서 차별성을 두고자 한다. 또한 신세대 학자들이 대거 참여하여 우리말을 현대적 감각에 맞게 구사하여 번역을 하자는 원칙을 정하였다.

시대가 바뀔 때마다 독자들의 언어가 달라지고 이에 부응하는 번역이 나와야 한다고 본다. 무대 위의 배우들과 현대 독자들의 언어감각에 맞는 번역이란 두 마리 토끼를 잡는 것은 그리 쉬운 일은 아니지만 매우 의미 있는 일일 것이다. 이번 한국 셰익스피어 학회가 공인하는 셰익스피어 전작 번역이 성공적으로 이루어지도록 뒷받침하는 도서출판 동인의 이성모 사장에게 심심한 감사의 뜻을 전하며 인문학의 부재의 시대에 새로운 인문학의 부활을 이루어내는 계기가 되리라 믿는다.

2014년 3월
한국셰익스피어학회 회장 박정근

옮
긴
이
의

글

셰익스피어의『리처드 3세』는 붉은 장미 문장으로 대변되는 랭커스터 가
문과 흰 장미문장으로 대변되는 요크 가문의 왕권 다툼인 장미전쟁(1455~
1485)을 배경으로 삼고 있다. 1453년, 잉글랜드와 프랑스 사이의 백년전쟁이
종결된 후 약 30년에 걸친 이 장미전쟁에서 랭커스터 가문의 외손인 리치먼
드 백작은 요크 가문의 리처드 3세를 물리치고 헨리 7세에 등극한다. 장미전
쟁의 후반부와 튜더 왕조의 설립을 담고 있는『리처드 3세』는 잉글랜드 역사
에서 가장 흥미로운 시기와 인물들을 다루고 있는 작품이다.

셰익스피어는 이 작품에서 리처드 3세가 된 글로스터 공작 리처드를 형
인 클래런스를 모함하여 죽음으로 몰아넣고 조카들을 살해하고 잉글랜드의
왕관을 쓴 '악당'으로 형상화하고 있다. 그럼에도 불구하고 리처드가 드러내
는 에너지는 대단히 강렬하다. 리처드 자신의 독백에 따르면, 그는 악당이 아
니라 "악당임을 증명하기로 결심한" 사람이다. 자신이 살해한 황태자 에드워
드의 미망인인 앤 네빌에게 구혼하는 장면과 '억지로' 왕권을 수락하는 장면
에 드러난 위선, 그리고 후에 앤과 자신의 하수인 모두를 버리는 과정은 리처
드가 '악당'임을 유감없이 증명한다. 그는 연극적인 행동을 통해 주위를 속이

고 상황을 장악하여 모든 것을 자신의 페이스로 끌어들이는 악당이지만, 그럼에도 불구하고 그가 구사하는 멋들어진 수사는 우리가 잠시 그가 악당임을 잊게 만든다. 글로스터 공작 리처드의 실제 모습과 셰익스피어의 재현에는 차이가 있다. 셰익스피어는 이 작품에서 리처드를 실제보다 더 흉악한 인물로 재현하는데, 이는 당대 튜더 왕조의 군주가 리처드와 대립했던 헨리 7세의 후손이었다는 점과 무관하지 않다. 셰익스피어는 튜더 왕조의 정당성을 부각시키려던 당대의 정치적 상황을 의식하고 요크 왕조의 리처드 3세를 실제보다 더 폄하하여 재현했다.

번역하면서 특히 염두에 둔 점은 가독성과 공연성이다. 공연에 적절한 텍스트가 되도록 자연스러운 호흡단위를 의식하면서 번역했고 행을 배열했다. 셰익스피어 본문의 1행은 대체로 이 번역의 2행에 해당한다. 한 번의 호흡으로 말하기에 적합한 글자의 수가 16자(3,445) 내외라고 간주하여 가능하면 16자 내외로 번역문 1행을 구성하려고 했지만, 이를 기계적으로 반영하지는 않았다. 미주의 내용은 주로 역사적 배경의 이해를 돕기 위한 내용이다. 『리처드 3세』가 셰익스피어의 초기 작품임에도 불구하고, 이 작품에는 그의 천재적 언어 감각이 잘 드러나 있다. 셰익스피어가 제공하는 언어적 성찬과 걸출한 인물 창조를 즐기기를 기대한다.

김종환

차례

등장인물

장소: 잉글랜드

에드워드 4세
에드워드 황태자. 후에 에드워드 5세. 에드워드 4세의 장남
요크 공작 리처드 에드워드 4세의 차남
글로스터 공작 리처드 후에 리처드 3세. 에드워드 4세의 동생

클래런스 공작 조지 리처드 3세의 형. 에드워드 4세의 동생
클래런스 공작의 어린 아들

리치먼드 백작 헨리 후에 헨리 7세

추기경 부치어 켄터베리 대주교
토마스 로서햄 요크 대주교
존 모톤 일리 주교
버킹엄 공작
노포크 공작
서리 백작 노포크 공작의 아들
리버스 경 엘리자베스 왕비의 동생
그레이 경 엘리자베스 왕비와 전 남편인 존 그레이의 아들
도셋 후작 엘리자베스 왕비와 전 남편인 존 그레이의 아들
옥스포드 백작
헤이스팅스 경 시종장
스탠리 경 리치먼드 백작의 계부

브래켄베리 경 런던탑의 간수장
**러벨 경, 토마스 본 경, 리처드 랫클리프 경, 윌리엄 켓츠비 경, 제임스 티렐 경,
제임스 블런트 경, 월터 허버트 경, 윌리엄 브랜든 경**
크리스토퍼 어즈위크 사제
트레셀, 버클리 앤 부인의 시종

엘리자베스 왕비 에드워드 4세의 왕비
마가렛 왕비 헨리 6세의 미망인
요크 공작부인 에드워드 4세, 클래런스, 글로스터의 어머니
앤 부인 헨리 6세의 아들인 황태자 에드워드의 미망인, 후에 글로스터의 아내
마가렛 플랜태저넷 클래런스 공작의 딸

런던 시장, 문장원 종자, 서기
귀족들, 시종들, 신사들, 시민들, 자객들, 사자(使者)들, 병사들,
리처드 3세(글로스터 공작)에게 살해된 사람들의 망령들

1막

1장

런던, 거리

글로스터, 등장

글로스터 이제 우리를 짓누르던 불만의 겨울이 가고,
요크가의 태양이 찬란히 비치는 여름이 왔다.[1]
우리 가문을 험악하게 내려 보던 먹구름도
이제 저 태양의 깊은 가슴 속에 묻혀 버렸다.
이제 우리 이마에는 승리의 화환이 씌워지고
찌그러진 갑옷은 승리의 기념물로 걸려 있다.
우리의 가차 없는 진군나팔 소리,
즐거운 연회의 노래 가락으로 변했고
우리의 무서운 진군의 발걸음,
경쾌한 춤 장단으로 변해버렸다.
험상궂은 전쟁의 신, 무장한 군마에 걸터앉아
겁먹은 적들을 공포에 떨게 했지만,
이제 그 찌푸린 얼굴을 활짝 펴고,
음란하고 매혹적인 류트 소리에 맞추어
여인의 방에서 민첩하게 움직이며 춤추고 있다.
하지만 난 계집과 음탕한 장난질을 할 만큼

잘생기지도 않았고, 요염한 저 거울의
호의를 살 만큼 잘생기지도 않았어.
난, 미숙하고 거친 모습으로 태어나,
요염하게 거니는 음탕한 요정 앞을
활보할 연인의 위엄을 갖추질 못했어. 난,
균형 잡힌 아름다운 몸으로 태어나기는커녕
사기꾼 같은 자연에게 홀딱 속아,
불구에다가 설익어 반도 채 완성되지 않은 상태로
때가 되기도 전에 이 세상에 보내지지 않았는가?
게다가 이렇게 절름발이에다 볼품없이 생겨먹어,
내가 절뚝거리며 지나가면 개도 짖는단 말씀이야.
이런 내가 가냘픈 피리 소리 울리는
이 태평세월에 대체 무엇을 낙(樂)으로 삼아
소일해야 한단 말인가? 태양 아래서
제 자신의 그림자나 들여다보고,
흉측한 자신의 기형을 노래로 읊을 수밖에….
나는 말로만 근사한 이 세월을
즐길 수 있는 연인이라는 걸 증명할 수 없어.
그래서 난 악당임을 증명하기로 결심했다.
세상의 부질없는 쾌락을 증오하며 살아야겠다.
이미 음모는 꾸며 놓았다. 위험한 서막이지.
주정꾼의 예언이나 중상모략이나 꿈 따위로
내 형제인 클래런스와 에드워드 왕²이

서로 죽도록 미워하게 만들어야지.

에드워드 왕은 진실하고 공정한 분이야.

난 간교하고 부정하고 불충한 놈이고….

클래런스 형이 오늘 당장 투옥될 것이다.

'G'라는 글자를 가진 사람이

에드워드의 후계자를 죽일 거라는 예언으로

올가미를 씌워 놓았으니까.

흉계여, 영혼 속으로 급히 잠수하라!

클래런스가 오는군.[3]

　　　　클래런스 공작과 브래켄베리 경, 호위병과 함께 등장

　　　　형님, 안녕하시오. 웬일이십니까? 형님께서

　　　　무장한 호위병을 대동하고 오시다니 말입니다.

클래런스 폐하께서 나의 안전을 걱정하시어

　　　　이렇게 호위병과 함께 런던탑으로 가도록 조처하셨네.

글로스터 무엇 때문에요?

클래런스 내 이름이 조지(George)이기 때문이다.

글로스터 아! 형님, 그건 형님 잘못이 아닙니다.

　　　　형님 이름을 지어준 대부를 탓하는 게 맞아요.

　　　　오! 폐하께서는 형님이 런던탑에서

　　　　새로 세례를 받고 개명하게 할 생각인가 봅니다.

　　　　클래런스 형님, 뭔 일인지 제가 알면 아니 될까요?

클래런스 내가 안다면 그러고 말로, 글로스터.

하지만 나도 뭔 영문인지 몰라.

다만, 내가 아는 건 폐하께서 요즘

예언이나 꿈 해몽에 솔깃하시다는 거네.

웬 점쟁이가 G자를 꼽았다네.

그러고는 G자로 시작하는 자가 폐하의 자손이

대통을 이어가는 것을 끊을 것이라고 했네.

폐하께선 내 이름 조지가 G자로 시작한다고 해서

내가 바로 왕통을 끊을 사람이라고 생각하신 거네.

내가 아는 건 이것뿐이야. 그런 허무맹랑한 소문에

마음이 심란해진 폐하께서 지금 날 투옥하신 거지.

글로스터 왕비 손에 놀아나 일이 그렇게 되었어요,

형님을 투옥시킨 것은 폐하가 아닙니다.

그레이 경의 미망인이었고 지금은 아내가 된

그 여자가 폐하를 부추겨 엄청난 일을 저지른 거죠.

폐하께서 헤이스팅스 경을 런던탑에 가두게 했던 것도

바로 못된 그녀와 대단한 권세를 누리는

그녀의 오빠 앤터니 우드빌 경⁴ 아닙니까?

그런데 바로 오늘 헤이스팅스 경이 출옥한답니다.

클래런스 형님, 우린 절대 안전하지 못합니다.

클래런스 정말이지, 왕비 측근 외에는, 그리고

폐하와 그분 정부(貞婦)인 쇼어 부인 사이를

은밀히 오가는 자 외에는

그 어느 누구도 안전하지 못하다고 난 생각해.

헤이스팅스 경이 풀려나려고

쇼어 부인에게 얼마나 비굴하게 간청했는지 못 들었나?

글로스터 그녀에게 비굴하게 간청하고서야

비로소 시종장 헤이스팅스 경께서 석방되었지요.

말씀드릴 수 있어요. 폐하의 호의를 잃지 않으려면

그 계집년의 시종이 되어

그년이 입혀준 제복을 감사하면서

입고 다녀야 할 지경이라고 생각합니다.

질투심에 불타는 그레이 경의 미망인과

쇼어라는 애첩은 우리 형님 덕에 귀부인이 되어

세도를 누리면서 세치 혀로 왕국을 좌지우지하고 있습니다.

브래켄베리 두 분께 죄송합니다. 절 용서해주십시오.

폐하께서 엄명을 내리셔서 저도 어쩔 수 없어요.

폐하께서 신분 고하를 막론하고, 그 어느 누구도

당신 형님과 사담을 나누게 하면 안 된다고 명하셨어요.

글로스터 그렇군요. 브래켄베리 경, 당신도

생각이 있으면 우리들의 사담에 끼어드시오.

반란 음모를 꾸미는 게 아니니까.

폐하께서는 현명하시고 덕스러울 뿐만 아니라,

고귀한 왕비가 나이에 비해

아름답고 질투심이 없다고 얘기하고 있소.

쇼어 부인은 예쁜 다리와

앵두 같은 입술과 사랑스런 두 눈과

사람들을 즐겁게 해주는 구변을 갖추었고,

왕비 친척들이 태생부터 귀족이라는 얘기를 하고 있소.

어떻소? 당신은 이 말들을 부인할 수 있소?

브래켄베리 나리, 그 말씀에 전혀 이의가 없습니다.

글로스터 쇼어 부인과 일 벌이는데 이의가 없단 말이지?

여보게, 말해두지. 그녀와 관계를 맺으려면

남 몰래 은밀히 하는 게 좋아. 한 사람은 예외지만….

브래켄베리 나리, 한 사람이라니요?

글로스터 그녀 남편이지, 이 사람아. 내게 덮어씌우려고 했나?

브래켄베리 나리, 용서하십시오. 부탁드립니다.

제발 클래런스 공작과 사담을 하지 말아 주십시오.

클래런스 브래켄베리, 당신 입장을 알고 있소. 그렇게 하지.

글로스터 우리 모두 왕비의 종들이니, 복종할 수밖에….

형님, 안녕히 가십시오. 난 폐하께 가 봐야겠소.

에드워드 왕의 미망인을 형수라고 부르는 게

클래런스 형님께 도움이 된다면

제가 그렇게 부르지요. 하지만

우리 형제가 겪은 크나큰 치욕으로 인해

전 형님이 상상하는 것보다 훨씬 큰 상처를 받았어요.

클래런스 우리 둘 다 좋지 않은 기억을 갖고 있다는 걸 알고 있어.

글로스터 그래요. 어쨌든 오래 감옥에 계시진 않을 겁니다.

꼭 형님을 구해내겠습니다.

아니면 제가 형님을 속이는 것이지요.

형님, 제발 그때까지는 잘 견디십시오.

클래런스 그래 견뎌내마. 잘 있어라.

(클래런스, 브래켄베리, 경호원 퇴장)

글로스터 가라. 다시는 돌아오지 못할 황천길이다.

단순하고 어리석은 클래런스! 나는 형을 좋아하니,

곧 형의 영혼을 천당으로 보낼 참이야.

천당에서 내 손에 있는 선물을 받아준다면 말이지.

그런데 누가 오고 있지?

방금 풀려난 헤이스팅스 경 아닌가!

헤이스팅스 경, 등장

헤이스팅스 글로스터 공작 나리, 안녕하시오?

글로스터 시종장께서 좋아 보여 반갑소.

출옥하여 바깥에 나오신 걸 환영하오.

구금 기간 동안 어떻게 지내셨소?

헤이스팅스 공작님, 다른 죄수들처럼 참아 견딜 수밖에요.

하지만 오래 살아야겠습니다, 공작님.

옥살이하게 해준 분들께 은혜를 갚아야 하니까요.

글로스터 그렇지요. 클래런스 공작도 그런 심경일 거요.

당신의 적은 그에게도 적이니까.

적들은 당신뿐만 아니라 공작도 욕보였으니까.

헤이스팅스 솔개나 말똥가리가

먹이를 잡아먹고 설치는 판에, 독수리가

새장 속에 갇혀 있으니 정말 서글픈 노릇이죠.[5]

글로스터 어떤 새로운 바깥소식이 있소?

헤이스팅스 외국소식보다 국내소식이 좋지 않습니다.

폐하께서 병에 걸려 쇠약하시고 울적하신지라

어의들이 매우 걱정한다고 합니다.

글로스터 정말 좋지 못한 소식이오.

아! 오랫동안 무절제한 생활을 했기 때문이오.

그래서 옥체가 매우 심하게 망가진 거요.

생각할수록 정말 슬픈 일입니다.

지금 어떠시오? 침상에 누워 계시오?

헤이스팅스 그렇습니다.

글로스터 먼저 가보시오. 곧 따라가겠소.

(헤이스팅스 퇴장) 죽을 날이 얼마 남지 않았군.

죽기를 바라지만, 클래런스를 급행마차로

천당에 보내기 전까지는 죽어서는 아니 돼.

입궐하여 설득력 있는 주장으로 거짓말에 힘을 실어,

클래런스에 대한 왕의 증오심을 부추기자.

내 마음 속에 깊이 숨은 음모가 실현되면,

클래런스가 살아남아 내일을 보지 못하리라.

그 일이 끝나고 하느님께서 에드워드 왕을 데려가면

온 천하는 나의 손아귀에 놀아날 것이다!

그리고 워릭 백작의 막내딸인 앤과 결혼할 것이다.[6]

내가 그녀의 남편과 시아비인 헨리 6세를 죽였지만

그래서 어쨌단 말인가?

그 계집에게 보상해주는 가장 쉬운 길은

남편 겸 아버지가 되어 주는 일이다.

내가 그리 하는 것은 사랑 때문이 아니라

또 다른 비밀스런 음모 때문이다.

성공하려면 앤과 꼭 결혼해야 한다.

그러나 지금은 시기상조야.

클래런스가 아직 살아 있고,

에드워드도 살아서 왕좌에 앉아 있으니까.

그들이 죽어야 내 몫을 챙길 수 있어.

                    퇴장

2장

런던, 다른 거리

미늘창을 든 호위병들이 뚜껑 열린 관에 안치된
헨리 6세의 시신을 운구하는 가운데, 상주인 앤 부인 등장

앤   내려놓아요. 그 귀한 시신을 내려놓아요.
명예는 관 속의 수의에 싸여 있지만
나는 잠시 동안 유덕한 랭커스터 가문 왕의
때 이른 죽음을 애도하고 있겠소.
거룩한 왕의 가련하고 차디찬 모습이여!
랭커스터 가문의 창백한 잿더미여!
왕가의 혈통을 이어 받은 분의 핏기 없는 시신이여!
당신의 영혼을 불러내어 간구하오니,
가련한 앤의 애도를 들어주소서!
당신께 상처를 입힌
바로 그 손에 들린 칼에 찔려 죽은
당신 아들 에드워드의 아내인
이 앤의 통곡을 들으소서!
당신의 생명이 빠져나간 이 상처들의 창문에
하염없이 흐르는 제 눈물의 향유를 붓고 있습니다.
아! 저주받으라, 이 무참한 상처구멍을 낸 손이여!

저주받으라, 이렇게 잔인한 행위를 범한 마음이여!
저주받으라, 이렇게 피를 흘리게 한 혈통이여!
무서운 재앙이 떨어져라, 당신의 생명을 빼앗아
우리를 처참하게 만든 가증스런 자들에게!
독사와 독거미, 그리고 두꺼비,
아니 살아 기어 다니는 그 어떤
독충들에게 내리는 저주보다 더 큰 재앙이!
그자에게 자식이 태어나면 괴물이 되게 하고
불구가 되게 하라! 달도 차지 않아 세상에 나와,
희망에 부푼 그의 어미가 질겁하게 하라!
흉측하고 괴상한 자식의 모습을 보고….
아비의 뒤틀린 근성도 물려받게 하라!
그가 아내를 맞이하게 되면,
그 계집이 남편 잃은 자가 되게 하라!
그래서 젊은 남편과 시아버지를 잃은 나보다,
더 비참하게 만들어라! 갑시다.
거룩한 시신을 차트시 7로 모십시다.
세인트 폴 성당에 안치된 시신을
그곳으로 이장해야겠소. 하지만
시신이 무거워 힘들면 쉬도록 하시오.
그 동안 나는 헨리 왕의 시신을 두고 애도하겠소.

(병사들이 시신을 운구한다.)

글로스터, 등장

글로스터 멈춰라. 운구하는 너희들, 시신을 내려놓아라.

앤 어떤 흉악한 마술사가 이 악마를 불러내어

이 신성한 장례 행렬을 가로막고 있는가?

글로스터 악당들아, 시신을 내려놓아라. 맹세하건데,

명을 거역하는 놈은 모조리 시체로 만들어주겠다.

호위병 1 공작님, 관을 옮길 수 있게 비켜 주십시오.

글로스터 무례한 개 같은 놈! 내 명을 거역하다니!

내 가슴을 겨눈 그 미늘창을 치워라.

아니면, 맹세하노니, 내 발길로 걷어차

거지발싸개 같이 무례한 네놈들을 짓밟아 주겠다.

병사들이 관을 내려놓는다.

앤 뭐라고! 떨고 있는 거요? 모두들 겁이 나는 거요?

아! 하지만 당신들을 나무라진 않겠소.

인간의 눈을 가진 자가

악마를 지켜보긴 어려울 테니까.

꺼져라! 무시무시한 지옥의 앞잡이 놈아!

살아계신 그분 옥체를 네 마음대로 할 순 있지만

그분 영혼만은 마음대로 할 수 없다.

그러니 꺼져라!

글로스터 아름다운 성자여,

저주하지 말고 자비를 베푸시오

앤 추한 악마야, 제발 우리 일을 방해하지 마.

네놈은 이 지상의 낙원을 저주의 소리와

비탄의 소리로 가득 찬 지옥으로 바꾸었다.

잔인한 소행을 보고 즐기고 싶으면

네놈이 자행한 살육의 실례를 보아라. 아!

모두들 보시오. 돌아가신 헨리 왕의 상처를 봐요.

아물어 피가 엉겨 붙은 상처가

다시 입을 열어 피를 토하고 있소.

괴상하게 생긴 병신아, 얼굴을 붉혀라.

네놈 모습을 보고 싸늘하게 식어

텅 빈 혈관이 다시 피를 뿜어내고 있다.

네놈의 냉혹하고 잔인한 소행이

이렇게 소름끼치는 유혈을 초래했다.

아, 생명의 피를 주신 신이시여,

그분 죽음을 복수하소서!

아, 그분 피를 삼켰던 땅이여,

그분 죽음을 복수하소서! 하늘이여,

벼락을 쳐서 이 살인자를 죽이소서!

아니면 대지여, 지옥의 마수에 도륙당해 쓰러진

이 선한 왕의 피를 삼켰듯이,

입을 크게 벌리고 그를 재빨리 삼켜

당신의 품으로 빨아들이소서!

글로스터 부인, 당신은 악을 선으로,

저주를 축복으로 대하라는 자비의 계율을 몰라요.

앤 악당 놈, 넌 하느님의 계율도

인간의 도리도 모르는 놈이로구나.

아무리 사나운 짐승이라도

일말의 동정심은 있는 법이거늘….

글로스터 그런 것은 알지 못하오.

그러니 나는 짐승은 아니오.

앤 아! 놀라운 일이다. 악마가 진실을 말하다니!

글로스터 더 놀라운 일이다.

천사가 그렇게 화를 내다니!

완벽하게 성스러운 여인이여,

내게 씌워진 죄목을 낱낱이 해명하여

내 무고를 밝히도록 허락해주시오.

앤 세상에 널리 퍼진 역병과 같은 인간이여,

네놈의 온갖 악행이 모조리 밝혀져

저주받은 너에게 또 저주가 내렸으면 좋겠다.

글로스터 말로 다할 수 없을 만큼 아름다운 그대여,

진정하고 나에게 변명할 기회를 주시오.

앤 상상할 수 없을 만큼 추악한 자여,

목매어 죽는 것 외에 어떤 변명이 있겠느냐.

글로스터 절망하는 것은 스스로 죄를 인정하는 일이오.

앤 절망하는 것은 스스로 죄를 용서받는 일이다.

타인을 잔인하게 살해한 네놈에게

그것이 합당한 복수일 테니까.

글로스터 내가 그들을 살해하지 않았다면?

앤 그럼 그분들이 죽지 않았겠지. 하지만

그분들은 죽었어. 악마 같은 너에게 죽었어.

글로스터 난 당신 남편을 죽이지 않았소.

앤 아니, 그럼 그분이 살아 있겠네.

글로스터 아니오, 그는 죽었소. 에드워드 손에 살해됐소.

앤 더러운 목구멍으로 거짓말을 하는구나.

마가렛 왕비께서, 네 잔인한 언월도가

내 남편의 피로 김을 뿜는 걸 보셨지.

네 형제들이 칼끝을 치워 왕비께서 살아났지만

네놈이 그 칼로 왕비의 가슴을 겨눈 적도 있지.

글로스터 왕비의 독설로 인해 격분한 탓이오.

무고한 나에게 그들이 범한 죄를 뒤집어씌웠으니까.

앤 널 격분하도록 충동질한 것은 네 잔인한 마음이다.

넌 피비린내 나는 살육만을 생각하고 있었으니까.

왕을 살해한 자가 네놈이 아니란 말이냐?

글로스터 그렇소.

앤 고슴도치 같은 놈, 인정한다고?

그럼 신께서 내 저주도 인정하시겠지.

악한 행위의 대가로 지옥에 떨어지라는 저주 말이다.

아, 그분은 인자하고 온화하고 유덕한 분이셨어.

글로스터 지금 가 있는 천당의 왕으로 더 적합한 분입니다.

앤 천당에 계시지. 감히 네놈은 갈 수 없는 천당 말이다.

글로스터 천당에 가시는 걸 도왔으니 내게 감사해야죠.

그분께는 지상보다는 천당이 더 잘 어울리죠.

앤 네놈에겐 지옥 외에는 아무 곳도 어울리지 않아.

글로스터 그래요. 다른 곳이 있소.

내 말을 들어보시겠소?

앤 지하의 감방이겠지.

글로스터 당신의 침실이오.

앤 네가 누운 침실에는 늘 불안감이 감돌 거다.

글로스터 그럴 거요.

당신과 동침하기 전까진 불안할 거요.

앤 그렇게 되길 빌지.

글로스터 그리 될 거요. 하지만 앤 부인,

앙칼진 재치 싸움은 이제 그만두고,

좀 더 차근차근 이야기 합시다.

플랜태저넷 왕가[8]의 헨리 6세와

황태자 에드워드의 때 이른 죽음을 초래한 사람도

그 하수인 못지않게 비난 받아야 옳지 않겠소?

앤 네가 바로 죽음의 원인 제공자인 동시에

죽이라고 사주 받은 하수인이 아니냐?

글로스터 당신의 미(美)가 살육의 원인이었소.

당신의 미(美)가 꿈속에서 날 사로잡았고,

이 세상 모든 남자들을 죽여서라도,

당신의 달콤한 품에 안겨

한 시간만이라도 살 수 있기를 바랐소.

앤　살인마야, 그럴 줄 알았더라면, 이 손톱으로
　　내 뺨에서 그 미(美)를 벗겨놓았을 것을….

글로스터　미(美)가 망가지는 걸
　　이 눈으로 보고만 있을 순 없었소.
　　내가 당신 곁에 있는 한
　　그 미(美)에 흠집을 내지는　못할 거요.
　　이 세상이 태양의 은혜로 살아가듯,
　　나는 당신의 미(美)로 살아가오.
　　당신은 나의 빛이며 생명이오.

앤　검은 밤이 그 빛을, 죽음이 그 생명을 덮을지라.

글로스터　자신을 저주하지 마시오.
　　아름다운 이여. 당신은 나의 빛이요 생명이오.

앤　바라는 바이다. 그래야 원수를 갚을 수 있을 테니.

글로스터　정말 이치에 맞지 않는 논쟁이오.
　　당신을 사랑하는 사람에게 복수를 하겠다니….

앤　정당하고 이치에 맞는 싸움이지.
　　남편을 죽인 자에게 복수를 하겠다는 건….

글로스터　당신에게서 남편을 앗아 간 사람이
　　그런 짓을 한 것은, 당신에게
　　더 좋은 남편을 주기 위해서였소.[9]

앤　그분보다 더 나은 남편은 이 세상에 없어.

글로스터　그보다 당신을 더 사랑하는 남자가 있소.

앤   이름을 대봐.

글로스터   플랜태저넷이오.

앤   아니, 그건 내 남편 이름이었지.

글로스터   같은 이름이지만, 더 훌륭한 사람이오.

앤   그런 사람이 어디 있어?

글로스터   여기요. (앤, 그에게 침을 뱉는다.) 왜 침을 뱉죠?

앤   그게 너에게 치명상을 입힐 독침이었으면 좋겠다.

글로스터   그렇게 예쁜 입에서 어찌 독이 나오겠소.

앤   더러운 두꺼비에게서도
더 치명적인 독이 흘러내리진 않을 거다.
꺼져라! 널 보니 내 눈에 독이 옮는구나.

글로스터   아름다운 부인, 난 당신의 눈에 사로잡혔소.

앤   노려보아 널 죽일 수 있는
바실리스크[10]의 눈이라면 좋을 텐데.

글로스터   나도 그리 되면 좋겠소.
그럼 당장 죽을 수 있을 텐데….
지금 이 순간에도 당신의 두 눈은
날 사로잡아 산송장으로 만들고 있소.
당신의 두 눈이 내 눈에서 짠 눈물을 짜내어,
어린애처럼 눈물이 맺히게 하니 부끄럽소.
이 눈으로 단 한번이라도
후회의 눈물을 흘린 적이 없소.
험상궂은 클리포드가 칼을 휘두르자,

나의 형 루터랜드가 지르는 처절한 신음 소리를 듣고,

내 아버지 요크 공작과 형 에드워드가 울었지만,

난 울지 않았소. 당신의 용감한 부친께서 어린애처럼

내 아버지께서 돌아가신 슬픈 사연을 털어 놓았을 때,

스무 번이나 말을 멈추며 흐느끼고 울었소.

이를 듣고 있던 사람 모두 비에 젖은 나무들처럼

눈물로 뺨을 적셨소. 하지만 그 슬픈 때에도

사내다운 내 눈은 유약한 눈물을 조소했소.

그런 슬픔조차 끌어내지 못했던 내 눈물을

당신의 미(美)가 끌어냈소.

내 눈을 눈물로 가려 봉사로 만들었소.

나는 우리 편에게든 적에게든 탄원한 적이 없소.

이 혓바닥도 아양을 떨며

달콤한 말을 지껄인 적이 없소.

하지만 지금 당신의 아름다움을 상으로 받기 위해

오만한 내 마음은 탄원하고

혀로 아첨하라고 충동하고 있소.

(앤은 경멸하듯 그를 쳐다본다.)

당신 입술이 경멸의 말을 토하도록 하지 마시오.

부인이여, 그 입술은 입을 맞추기 위한 것이지,

경멸의 말을 뱉기 위해 있는 것이 아니요.

복수심에 불타는 당신 마음이 용서할 수 없다면,

자, 여기 시퍼렇게 날이 선 이 칼을 빌려드리겠소.

이 칼로 진심을 담은 나의 가슴을 깊이 찌르시오.

당신을 연모하는 내 마음을 그곳에서 끌어내시오.

당신의 치명적인 일격 앞에

이렇게 가슴을 열고 무릎을 꿇고 죽여주길 간청하오.

(가슴을 풀어헤치자 앤은 칼로 그의 가슴을 겨눈다.)

아니오, 주저하지 마시오. 내가 헨리 왕을 죽였소.

하지만 내가 그리하도록 한 것은

당신의 아름다움이오. 자, 서둘러요.

황태자 에드워드를 찌른 것은 바로 나요.

(앤은 칼로 다시 그의 가슴을 겨눈다.)

하지만 내가 그리하도록 한 건

천사 같은 당신 얼굴이오. (앤은 칼을 내린다.)

칼을 다시 집어 드시오. 아니면 나를 끌어안던가.

앤   일어나라, 위선자! 네가 죽었으면 좋겠지만

내가 네놈의 사형집행인이 되고 싶지는 않아.

글로스터 그럼 자결하라고 명하시오. 자결하겠소.

앤   이미 그렇게 명령했다.

글로스터 그것은 홧김에 한 말이오.

다시 한 번 죽으라고 말해보시오.

그럼 당신을 사랑하여

당신이 사랑했던 사람을 죽인 이 손으로

당신을 더 진실하게 사랑한 이를 죽일 것이오.

당신에 대한 사랑 때문에….

어쨌든 당신은 그 둘을 죽게 한 공범자요.

앤 네 속마음을 알고 싶다.

글로스터 그것은 내 말 속에 드러나 있소.

앤 마음도 말도 거짓이 아닐까 두렵구나.

글로스터 그럼 세상에 진실한 남자는 없소.

앤 좋소, 그 칼이나 치우시오.

글로스터 그럼 화해했다고 말해주시오.

앤 나중에 알게 될 것이오.

글로스터 하지만 희망을 가져도 좋겠소?

앤 세상사람 모두 희망을 갖고 살죠.

글로스터 제가 드리는 이 반지를 끼시오.

앤 받는다고 주는 것은 아니지. (반지를 낀다.)

글로스터 그것 봐요, 앤.

내 반지가 당신 손가락을 감고 있소.

마찬가지로 당신 가슴도

내 가련한 가슴을 감고 있겠죠.

반지도 마음도 가지세요.

마음도 반지도 당신 것이니….

모든 걸 바친 이 가련한 종이 빕니다.

인자한 마음으로 소원 한 가지만 들어주시면

이 남자의 행복은 영원히 보장될 것입니다.

앤 소원이 뭐요?

글로스터 괜찮으시다면, 이 슬픈 장례식은

당신 이상으로 애도할 동기를 가진 자에게 맡기고,

당신은 곧장 크로스비 궁전으로 가십시다.

난 귀한 선왕의 유해를 차트시 수도원에

정중히 모셔 엄숙한 장례식을 올리고,

그분의 묘소를 참회의 눈물로 적신 다음,

집으로 달려가 당신을 다시 보도록 하겠소.

말로 할 수 없는 은밀한 이유가 있소.

그러니 제발 제 부탁을 들어 주시오.

앤　좋아요, 그렇게 하지요. 당신이

이렇게 뉘우치는 걸 보니 무척 기쁘군요.

트레셀, 버클리, 나와 함께 가자.

글로스터　작별인사를 해주시오.

앤　당치않은 부탁이오.

하지만 당신이 아첨하는 걸 가르쳐 주었소.

내가 이미 작별 인사를 했다고 생각하시오.

(앤, 트레셀, 버클리 퇴장)

글로스터　여봐라, 관을 들어라.

호위병　공작님, 차트시로 향합니까?

글로스터　아니. 화이트 프라이어즈¹¹로 갈 거다.

거기서 기다려라. (글로스터만 남기고, 모두 퇴장)

이런 방식으로 구애를 받은 여자가 있었을까?

이런 방식으로 넘어간 여자도 있었을까?

저 여자는 이제 내 것이다.

하지만 오래 곁에 둘 생각은 없어. 원 참!
난 그녀의 남편과 시아버지를 살해한 사람 아닌가?
게다가 그녀의 마음은 증오심에 불타고 있으며,
입에는 저주를, 눈에는 눈물을 담고 있어.
옆에는 날 증오할 증거가 피 흘리며 누어있어.
하느님과 양심과 장해물이 나를 가로막고 있지만,
도와 줄 친구 하나 없는 나에게 있는 것이라곤
악마의 마음과 위선의 얼굴뿐….
그런 내가 맨손으로 천하를 얻듯이
그녀를 얻다니! 아, 기적이 아닌가!
그녀는 벌써 멋진 왕자 에드워드를 잊었단 말인가?
삼 개월 전 튜크스베리 전투에서
성난 내 칼끝에 찔려 죽은 남편을 잊었단 말인가?
대자연의 은혜를 입고 태어난
멋지고 사랑스런 황태자 에드워드는
젊고 용감하고 현명한 사람이지. 뿐만 아니라
의심할 여지없이 왕가의 기품을 타고 난 자야.
이 넓은 세상에 그런 사내가 다시 태어나진 않을 거야.
그 멋진 왕자의 꽃 같은 청춘의 싹을 잘라
앤 그녀를 독수공방 슬픈 잠자리를 지키는
과부로 만들어버린 나에게
그녀가 눈을 돌리다니? 몫을 다 합쳐봐야
에드워드 절반도 되지 않는 나를?

절름발이에다가 이렇게 추악한 몰골을 한 나를?

아니, 공작이란 내 작위를

보잘 것 없는 동전 하나에 걸다니,

그 동안 난 자신을 잘못 알고 있었어!

난 자신을 과소평가한 거야.

분명 그녀의 눈과 내 눈은 달라.

내가 기막히게 멋진 청년으로 보이는가 봐.

그래, 거울을 하나 사자.

재단사를 이삼십 명 고용해서,

내 몸을 치장할 패션 공부를 시키자.

내가 자신의 모습이 마음에 들었으니,

돈이 좀 들더라도 그 모습을 유지하자.

하지만 먼저 널 무덤 속에 쳐 넣고,

슬퍼하면서 나의 사랑에게 달려가야지.

아름다운 태양이여, 내가 거울을 살 때까지, 빛나라.

걸어가면서 내가 나 자신의 그림자를 볼 수 있도록….

퇴장

3장

런던, 궁전의 한 방

엘리자베스 왕비, 리버스 경, 그레이 경 등장[12]

리버스 왕비마마, 참고 견디세요.

폐하께서 평소처럼 곧 건강을 회복하실 겁니다.

그레이 침울한 표정은 도리어 병을 악화시킵니다.

그러니, 제발 마음 편히 먹고

생기 있는 밝은 표정으로 폐하를 즐겁게 해드리세요.

엘리자베스 폐하께서 승하하시면 나는 어찌 되는 거지?

그레이 폐하 한분을 잃는 것 외에 별일이 있겠습니까?

엘리자베스 폐하를 잃으면 온갖 재앙이 닥칠 거야.

그레이 하늘은 왕비님께 훌륭한 아들을 주셨습니다.

폐하께서 승하하시더라도 위안이 될 겁니다.

엘리자베스 아! 그는 너무 어려. 미성년이라서

글로스터 공작이 후견인이 될 거야.

그는 나를 싫어하고 너희들도 미워해.

리버스 그가 섭정직을 맡는다는 게 결정된 겁니까?

엘리자베스 그리 될 거야. 아직 결정된 건 아니지만,

폐하께서 승하하시면, 꼭 그렇게 될 거야.

버킹엄과 스탠리, 등장

그레이 버킹엄 공과 스탠리 경께서 오시는군요.

버킹엄 왕비께 문안 인사를 드립니다.

스탠리 신의 가호로 왕비께서 늘 기쁘시길 빕니다.

엘리자베스 스탠리 경, 리치먼드 백작 부인[13]께서는

당신의 기도를 인정하려고 하지 않을 것 같소.

스탠리 경, 백작 부인은 지금 경의 아내이고

나를 싫어하지요. 하지만 걱정하지 마시오.

그녀가 오만불손하다고 경을 미워하진 않아요.

스탠리 제발 부탁입니다. 거짓을 일삼고

중상모략을 일삼는 자들을 믿지 마십시오.

그녀에 대한 비난에 근거가 있다고 할지라도

약한 성격 탓이라고 생각하시고 용서하세요.

악의가 아니라 변덕스런 병 탓이라고 생각합니다.

엘리자베스 스탠리 경, 오늘 폐하를 만나 보셨소?

스탠리 방금 버킹엄 공작과 제가

폐하를 알현하고 이 자리에 왔습니다.

엘리자베스 폐하께서 회복될 기미는 보입니까?

버킹엄 마마, 희망을 가지세요.

폐하께서 활기차게 말씀하셨습니다.

엘리자베스 부디 쾌차하시기를! 폐하와 말씀을 나누셨다고?

버킹엄 예, 마마. 폐하께서는 글로스터 공작과

왕비님 동기 분들, 그리고 그분들과

시종장 사이의 불화를 걱정하셨습니다.

그리하여 폐하께서 화해시키기 위해

그들을 어전으로 불러 모으셨습니다.

엘리자베스 모든 게 잘 풀렸으면 좋겠소.

하지만 그리 되진 않을 거야.

우리가 누리는 영화가

정점에 달한 게 아닌지 두렵소.

글로스터, 헤이스팅스, 도셋 등장

글로스터 그들이 날 모함하고 있으니 더 이상 참을 수 없다.

내가 냉혹하다느니 자기들을 싫어한다느니 하면서

폐하께 불평을 늘어놓는 자들이 도대체 누구냐?

맹세하는데, 폐하 귀에

그런 유언비어를 불어넣는 자들이야말로

폐하를 사랑하지 않는 자들이다. 나는

아양을 떨 줄도 모르고 달콤한 말을 못해.

사람들 앞에서 미소를 짓고 알랑대며

거짓을 일삼고 속이지 못해.

프랑스인들처럼 굽실대거나

원숭이처럼 예의바른 척하지도 못해.

그래서 철천지원수 취급을 받지.

해를 끼치지 않고 단순하게 사는 게 이리 어려운가?

순박한 내 진심이 매끄럽고 교활하고

간사한 놈들의 중상모략을 당해야 하는가?

그레이 공작님, 여기 있는 누구더러 그런 말을 하십니까?

글로스터 예절범절도 성실성도 없는 너희들에게 하는 소리다.

내가 너희들에게 언제 해를 입혔나?

언제 부당한 짓을 했나? 너에게? 네놈에게?

아니 네놈들 일당 중 누구에게?

염병할 놈들 같으니! 폐하께서는

−하느님의 은총으로, 네놈들이 바라는 것보다

더 오래 사실 것이지만−

네놈들의 추잡하고 징징거리는 소리에

한시도 마음이 편할 날이 없으셨다.

엘리자베스 글로스터 공작, 뭔가 오해를 하고 있어요.

어느 누가 폐하께 상소를 올려

자극한 게 아닙니다. 폐하께서는

자신의 심경에 따라 판단하신 겁니다.

겉으로 드러난 행동을 보시고 판단하신 겁니다.

당신이 평소 나나 내 형제들이나

내 아이들에게 하는 행동을 보시고,

당신 마음속에 도사린 증오심을 알게 되신 겁니다.

당신의 악의를 알게 된 폐하께서

그걸 없애려고 우리를 어전으로 불러들이셨을 겁니다.

글로스터 말하기 뭐하지만,

세상이 정말 이상하게 변했네요.

독수리도 감히 덮치지 못하는 먹이를

굴뚝새가 덮치려고 하니까요.

상놈들 모두 양반 행세를 하고,

많은 양반들이 상놈이 되었으니, 말세입니다.

엘리자베스 그만두세요, 그만.

글로스터 서방님, 당신 말뜻을 알겠어요.

당신은 나와 내 친구가

잘되는 걸 질투하고 있어요. 앞으로

당신 신세를 지지 않고 살 수 있길 빈답니다.

글로스터 하지만 신께선

우리가 당신 신세를 지게 하는군요.

당신 때문에 형인 클래런스가 투옥되고

나 자신은 폐하의 눈 밖에 나게 되었고,

귀족들은 멸시당하고 있어요. 그런데 날이면 날마다

승진 발표가 있었죠. 그런데 며칠 전에는

귀족과는 거리가 먼 잡것들이,

이제 벼락출세를 해서 귀족들이 되었어요.

엘리자베스 아무런 걱정 없이 행복을 누렸던 상황에서

근심 많은 이 높은 자리로 절 끌어올리신

신을 두고 맹세합니다. 클래런스 공작을

잡아들이도록 폐하를 선동한 건 내가 아닙니다.

오히려 나는 그분을 위해 간곡히 애원했습니다.

그런데 공작, 나를 그런 터무니없는

의혹의 눈초리로 보시다니요.

그런 수치스럽고 부당한 모욕을 참을 수가 없소.

글로스터 그럼 최근의 헤이스팅스 경의 투옥에 대해서도

아무런 영향력을 행사하지 않았다고 하시겠군요.

리버스 그렇겠지요, 공작님. 왜냐하면….

글로스터 부인하겠죠, 리버스 경!

하지만 누가 모르겠소?

왕비는 모른다고 버티는 일 이상을 할 거요.

당신들의 출세를 도와주고서는

그런 적이 없다고 시치미를 뗄 거요.

당신들이 잘나서 그런 명예를 얻었다고

말할지도 모르지. 왕비가 못할 일이 뭐요?

그래, 할 수 있지, 하실 수 있지.

리버스 무엇이든 할 수 있다고?

글로스터 그래, 뭣이든 할 수 있지! 왕비가 되질 않았소?

잘생긴 독신 청년이었던 국왕과 결혼해서….

거기 비하면 당신 할머니는

결혼 운이 진짜 더럽게 없었소.[14]

엘리자베스 글로스터 공, 나는 지금까지 오랫동안

당신의 노골적인 비난과 쓰라린 조롱을 참아 왔어요.

하지만 더 이상 참을 수는 없어요. 맹세코,

지금까지 받은 부당한 모욕을 폐하께 고하겠어요.

이와 같이 힐책을 당하고 모욕과 조롱을

참아 견디면서 일국의 왕비로 살아가느니,

차라리 시골 하녀가 되는 게 낫겠어요.

잉글랜드 왕비로 누린 기쁨은 너무나 보잘 것 없으니까.

마가렛 왕비, 뒤에서 등장

마가렛 (방백) 신이시여,

그 보잘 것 없는 기쁨도 더욱 줄어들게 하소서!

엘리자베스 네 명예와 신분과 지위는 원래 내 것이었다.[15]

글로스터 폐하께 일러바치겠다고 협박하는 거요?

말하세요. 다 일러바치세요. 내가 지금

하고 있는 말을 폐하의 면전에서도 할 수 있소.

런던탑에 끌려가는 일이 있어도 그리하겠소.

지금이 말할 때요. 내 공적은 잊히고 있소.

마가렛 (방백) 닥쳐라, 악마 같은 놈!

네놈의 공을 잘 기억하고 있다.

네놈은 내 남편 헨리를 런던탑에서 죽였다.

내 가련한 아들 에드워드를 튜크스베리에서 죽였다.

글로스터 당신이 왕비가 되고,

당신 남편이 왕이 될 때까지 난,

폐하의 큰일을 도맡아 놓고 하는 짐말이었소.

오만불손한 왕의 적들을

잡초 뿌리를 뽑듯 없애버렸고

왕의 지지자들에겐 아낌없이 베풀었소.

그분을 왕의 혈통으로 만들려고 피를 흘렸단 말이오.

마가렛 (방백) 아, 그래.

왕이나 네 피보다 더 귀한 피도 흘렸다.

글로스터 그동안 줄곧

당신과 당신 전 남편인 그레이 경[16]은

랭커스터 가문 편에 서서 싸웠소.

그리고 리버스 경 당신도 그랬소.

그레이 경은 마가렛 왕비 편에 서서 싸우다가

세인트 올반즈[17] 전투에서 살해된 것 아니오?

엘리자베스 당신이 잊었다면 내가 상기시켜 드리지요.

옛날의 당신이 어떠했고 지금의 당신이 어떠한지를….

그리고 옛날의 내가 어떠했고 지금의 내가 어떠한지를….

마가렛 네놈은 옛날에도 살인자 악당이었고 지금도 그렇다.

글로스터 가련한 클래런스는

장인인 워릭 경을 배반했고

자신이 한 맹세도 깨뜨렸소.[18] 아, 하느님 용서하소서!

마가렛 천벌이나 받아라!

글로스터 클래런스는 에드워드에게

왕관을 씌워주기 위해서 싸웠소.

그런데, 가련한 형, 그 보답으로 옥살이를 하다니….

형 에드워드처럼 내 가슴도 돌처럼 단단해지던지,

아니면 폐하의 심장이

내 것처럼 부드럽고 인자한 가슴이 되었으면….

이 세상에 살기에는 난 애처럼 너무 어리석어.

마가렛 그럼 이 세상을 떠나, 부끄럽게 생각하면서

어서 지옥으로 가거라. 악마야, 그곳이 네놈의 왕국이다!

리버스 글로스터 공작, 혼란하던 시절의 일을 두고,

우리들을 적이라고 몰아붙이고 있소. 하지만

우린 당대의 적법한 왕을 군주로 따랐을 뿐이오.

만약 당신이 왕이었다면 우린 당신을 따랐을 겁니다.

글로스터 내가 왕이었다면?

차라리 행상꾼이 되는 게 낫겠다.

왕이라니, 어림도 없는 소리.

내 마음과는 거리가 먼 생각이오.

엘리자베스 공작, 왕이 되어도 누릴 수 있는 기쁨이

별로 없다고 생각하는 모양이지요. 그래요,

공작도 짐작하시겠구려. 왕비가 되었어도

내가 누릴 기쁨이 그리 많지 않다는 걸 말이오.

마가렛 왕비가 누릴 기쁨이 별로 없는 건 당연하지.

나야말로 그런 왕비였어. 기쁨이란 없었어.

나는 더 이상 참을 수 없어!

(앞으로 나선다.) 내 말을 들어라.

나에게서 뺏은 것을 두고

서로 더 가지려고 싸우는 이 해적 같은 자들아!

너희들 가운데 날 보고도 떨지 않을 자가 있느냐?

날 왕비로 섬기면서 신하답게 고개를 숙이겠느냐?

아니면 날 폐위시킨 역도들처럼 벌벌 떨겠느냐?

아! '점잖고' '귀한' 악당!¹⁹ 도망칠 것 없다.

글로스터 더럽고 늙은 마녀, 왜 내 앞에 나타난 거야?

마가렛 네놈이 망쳐놓은 걸 되새기게 하기 위해서다.

그러기 전에는 네놈을 보내줄 수 없다.

글로스터 죽음의 고통을 겪도록 추방되지 않았느냐?

마가렛 그래. 하지만 추방당한 신세로 고통스럽게 사느니

차라리 여기 머물러 있다가 사형 당하는 게 낫겠다.

너희들은 내게 빚진 게 있다.

글로스터는 남편과 아들을,

엘리자베스는 왕국을, 그리고 너희들은 충성심을….

내가 삼키는 이 슬픔은 원래 너희들의 것이었고,

너희들이 강탈한 모든 즐거움은 원래 나의 것이었다.

글로스터 내 귀한 아버님의 저주가 네게 내렸으니까.

너는 그분의 늠름한 이마 위에

종이 왕관을 씌우고 비웃고 조롱해서

그분이 피눈물을 흘리게 했지.

그러고는 눈물을 닦으라고 그분께,

어리지만 용감했던 러틀랜드²⁰의

무고한 피가 묻은 헝겊을 주었지.

그때 그분의 사무친 원한이 저주가 되어

너희들에게 떨어진 거야.

그 잔혹한 행위를 두고 벌을 내린 것은

우리가 아니라 바로 하늘이다.

엘리자베스 하느님은 공정하셔.

무고한 자의 한을 풀어주시니까.

헤이스팅스 아! 어린애들을 죽이다니 참으로 흉악한 일이야.

듣지도 보지도 못한 잔인한 행위야.

리버스 그 소식을 듣고

더없이 잔인한 폭군조차도 눈물을 흘렸소.

도셋 복수를 예상하지 않았던 사람은 한 사람도 없었소.

버킹엄 그곳에 있던 노썸버런드 경도 그걸 보고 눈물을 흘렸소.

마가렛 뭐라고! 내가 나타나기 전에는

너희들끼리 으르렁거리면서

서로의 목이라도 물어뜯을 것 같더니,

이제 모두 한 통속이 되어 나를 증오한단 말이냐?

네 아버지 요크 공작의 무서운 저주가 하늘을 흔들어

헨리 왕이 죽고 사랑스런 에드워드도 죽고,

왕국도 잃어버리고, 난 가련한 추방 길에 올랐다.

이 모든 것이

보잘 것 없는 그 어린 생명의 대가란 말이냐?[21]

저주가 구름을 뚫고 하늘에 닿을 수 있단 말이냐?

그럼, 검은 구름이여,

끓어오르는 내 저주 앞에 길을 열어라!

너희들의 왕은 전사가 아니라 과식해서 죽어버려라!

우리들 왕은 그를 왕으로 만들기 위해 살해되셨다!

네 아들 에드워드는 지금 황태자이지만

황태자였던 나의 아들 에드워드처럼

불시에 밀어닥친 폭력으로 어린 나이에 급사해 버려라![22]

한 때 왕비였던 나처럼 너도 지금 왕비지만,

가련한 내 신세처럼 너의 영광도 사라져버려라!

오래 살아남아 네 아들의 죽음을 슬퍼하고

내가 지금 너를 보듯이,

지금 너처럼 왕비라는 칭호로 치장한

새로운 이의 출현을 목격하라!

네가 죽기 전에 행복했던 세월은 사라지고,

길고도 슬픈 한 많은 세월을 살아라.

그런 다음, 어머니도 아내도

잉글랜드의 왕비도 아닌 채 죽어버려라!

리버스, 도셋, 또 거기 서있는 너희들 모두,

그리고 너 헤이스팅스까지도,

내 아들이 잔인한 검에 찔려 숨을 거둘 때

그걸 못 본 체했지. 신께 기도하마.

네놈들 중 누구도 제명대로 살지 못하게 해달라고···.

불의의 사고로 비명횡사하게 해달라고···.

글로스터 이 늙고 밉살스런 마귀할멈, 저주는 그만 퍼부어라.

마가렛 네놈도 예외가 아니다.

네 말이 들리거든 기다려라,

개 같은 놈. 하늘이 지독한 재앙을 쌓아두고 있어

내가 마음껏 쓸 수 있다면 정말 좋겠구나.

아! 네놈의 죄가 무르익기를 기다려,

그때 네놈에게 분노의 재앙을 퍼붓고 싶다.

이 가련한 세상의 평화를 유린하는 너에게 말이다.

양심의 벌레가 네놈 영혼을 좀먹고,

살아 있는 동안 친구들을 배신자로 의심하고,

배신자들을 네놈의 절친한 친구라고 생각하라!

잔인한 네놈 눈은 결코 단잠을 이루지 못하리라!

눈을 감으면 악몽에 사로잡혀, 흉악한 악마들이

들 끓는 지옥을 보고, 두려워서 떨게 될 것이다!

넌 악마 낙인이 찍힌

덜 자란 병신이요 땅을 파는 멧돼지다!

태어날 때부터 천한 자연의 노예라는 꼬리표를,

지옥의 자식이란 꼬리표를 달고 나온 놈이다!

네 어미의 짐스런 자궁에 치욕을 안긴 놈이다!

태어나 아비의 허리를 더럽힌 혐오스런 놈이다!

가문의 명예를 더럽힌 걸레 같은 놈이다! 이 추악한….

글로스터 마가렛!

마가렛 글로스터!

글로스터 왜 그래?

마가렛 네놈을 부르지 않았다.

글로스터 그럼 미안하군. 지금까지 지껄인

끔찍한 욕설이 나를 두고 하는 줄 알았거든….

마가렛 아니, 너더러 욕을 했지. 답을 바란 건 아니지만….

아! 내 저주에 종지부를 찍어야지.

글로스터 저주는 끝났다. '마가렛'이란 말로 끝냈지.

엘리자베스 그럼 자신을 저주한 꼴이군.

마가렛 내 신세처럼 행운의 허망한 외양만 남은

가련한 허깨비 같은 왕비여!

넌 왜 독을 잔뜩 품은 독거미에게 소금을 뿌려,

그 치명적인 거미줄이 널 옭아매게 하느냐?

어리석구나, 어리석어.

스스로 자신을 죽일 칼을 갈고 있다니….

조만간 내 도움을 청할 것이다.

독을 품은 저 곱사등을 한 두꺼비를

저주하는 걸 나에게 도와달라고 할 거다.

헤이스팅스 엉터리 예언을 일삼는 계집,

더는 참지 못하게 만들어 해를 당하고 싶지 않다면,

미친 그 저주를 그만 둬라.

마가렛 더럽고 못된 것들,

네놈들 모두 내가 참지 못하도록 했다.

리버스 제대로 대접 받으려면

자신이 할 일이 뭔지 배워야 해.

마가렛 날 제대로 대접하려면

모두 나에게 예를 표해야 돼. 이 마가렛이

네놈들 왕비요 네놈들이 내 신하라는 걸 알아야 해.

아! 날 제대로 대접하고 신하의 본분을 알도록 해라.

도셋 그녀와 말싸움하지 말아요. 그녀는 미쳤어요.

마가렛 닥쳐라! 얼간이 후작 놈! 뻔뻔스러운 놈!

방금 찍어낸 주화 같은 네 작위는

이 세상에서 통하지 않아. 아!

너 같은 애송이 귀족이 작위를 잃고

비참한 신세가 되는 게 어떤지를 어찌 알겠느냐!

높이 솟은 나무는

그만큼 강풍에 시달리기 쉬워서

한번 쓰러지면 산산조각이 나는 법이다.

글로스터 좋은 말이오. 후작, 명심하시오, 명심.

도셋 저뿐만 아니라 공작께도 해당되는 말입니다.

글로스터 그래, 훨씬 더 그렇소.

난 높은 신분으로 태어났으니까.

우리 집안 독수리 새끼들은

삼나무 꼭대기에 둥지를 틀고

바람과 노닐며 태양을 조롱하오.

마가렛 또한 태양을 가로막아 세상을 어둡게 하지.

아아! 나의 태양, 내 아들 에드워드는

지금 죽음의 어둠속에 있다.

내 아들의 빛나는 빛은 네 증오의 구름에 가려

영원한 어둠의 세계에 갇혀 있다.

네놈들 독수리 새끼들이

내 독수리 새끼들의 보금자리를 빼앗고

거기 둥지를 쳤지. 아, 신이시여!

그걸 보고 그걸 그냥 두지 마소서.

피로 얻었으니 피를 흘리며 잃게 하소서!

버킹엄 그만 하시오, 그만!

인정은 고사하고 염치도 없어요.

마가렛 인정이나 염치라는 말을 입에 담지 마라.

네놈들 모두 날 무자비하게 다루었고,

염치도 없이 내 희망이었던 남편과 아들을 죽였다.

내가 받은 자비는 무도함이요

나에게 허용된 삶은 치욕이었다.

그 치욕 속에서

내 슬픔의 분노가 이글거리고 있다.

버킹엄 그만해요, 그만.

마가렛 아, 왕족이신 버킹엄 공작!

당신 손에 입 맞추겠소.

당신에 대한 호의와 우호의 표시로 말입니다.

당신과 당신의 귀한 가문에

행운이 깃들기를 빕니다! 당신 옷은

우리 랭커스터 집안 피로 더럽혀지지 않았으니,

당신은 내 저주의 대상에 들어있지 않아요.

버킹엄 여기 있는 이들 모두가 그래요.

저주의 말은 본시 공기를 타고

그걸 뱉은 이의 입으로 다시 돌아간답니다.

마가렛 난 그리 생각지 않소. 저주는 하늘로 올라가

편히 잠든 하느님을 깨울 것이오.

오, 버킹엄! 저기 있는 저 개새끼를 조심하시오.

놈은 꼬리를 치다가도 물어뜯는 짐승이오.

물어뜯기면, 흘러내리는 그 이빨의 독에 죽고 말 거요.

그러니 놈과는 함께 일을 도모하지 말고 조심하시오.

놈의 몸에는 죄와 죽음과 지옥의 낙인이 찍혀 있답니다.

죄와 죽음과 지옥의 추종자들이 모두

글로스터란 놈을 거들고 있어요.

글로스터 버킹엄 경, 저 년이 뭐라고 하는 거요?

버킹엄 공작, 제 생각으론 별 것 아닌 말 같소.

마가렛 뭐라고! 내 친절한 충고를 무시하다니….

놈을 멀리하라고 했거늘,

저 악마에게 아첨을 한단 말인가?

아! 언젠가는 오늘의 일을 회상할 것이다.

놈이 언젠가는 당신 가슴을 찢어놓아,

비통한 마음으로 이 가련한 마가렛이

예언자였다고 말하게 될 것이다.

당신들은 모두 놈의,

놈은 당신들 증오의 제물이 되리라!

그리하여 모두가 신의 증오의 제물이 되리라! (퇴장)

버킹엄 그녀의 저주로 인해 머리칼이 곤두설 지경이군.

리버스 나도 그렇소. 왜 저렇게

멋대로 하도록 그냥 두는지 모르겠소.

글로스터 그녀를 비난할 수만은 없소. 정말이지,

그녀는 너무 지독한 욕을 당했소. 나도 후회하고 있소.

그녀를 욕보이는 데 나도 한 가닥 했거든.

엘리자베스 내가 아는 한, 난 그녀에게 아무 짓도 하지 않았어.

글로스터 하지만 당신들 모두 그녀를 욕보이고 덕을 보았소.

나는 어떤 분에게 너무나 열성적으로 충성했소.

그러나 그분은 지금 너무나 냉정해서 그 일을 잊고 있소.

그래, 클래런스가 좋은 예야.

보상치고는 정말 좋은 보상이지.

감옥에 갇혀 고통의 밥을 먹고 살찌고 있으니까.

하느님, 형을 이 지경으로 만든 자들을 용서하소서!

리버스 후덕한 기독교인다운 결론이오.

우리에게 해를 끼친 이들을 위해 기도하시다니….

글로스터 나는 늘 그리 합니다. (방백) 지당한 말이다.

내가 지금 저주하면

바로 나 자신을 저주하는 게 될 테니….

겟츠비, 등장

겟츠비 왕비마마, 폐하께서 부르십니다.

공작님과 귀족 여러분도 함께 오시랍니다.

엘리자베스 겟츠비, 가겠소. 경들도 함께 가시겠소?

리버스 마마를 모시겠습니다.

(글로스터 제외하고 모두 퇴장)

글로스터 일은 내가 저질러 놓고, 먼저 법석을 떠는 거다.

이렇게 해서 내가 저지른 남모르는 무서운 죄를

다른 사람들에게 뒤집어씌우는 것이지.

클래런스를 어둠 속에 밀어 넣은 것은 바로 나야.

하지만 순진한 놈들 앞에선 눈물을 흘려야지.

스탠리니 헤이스팅스니 버킹엄 같은 바보들 앞에서 말이야.

그러고는 그들에게 왕을 선동하여

형 클래런스를 모함한 자들이, 다름 아닌

왕비와 그 일족들이라고 일러바치는 거야.

그럼 그들은 내 말을 믿고,

나를 자극하여 리버스, 도셋,

그리고 그레이를 죽여 복수하라고 할 거야.

그럼 나는 한숨을 쉬면서, 성경 말씀을 인용하여,

하느님께서 악을 선으로 갚으라고 하셨다고 말하는 거야.

그리하여 성서에서 훔친 낡은 옛 말을 짜깁기해서

벌거벗은 내 악행에 옷을 입히고,

가장 악마적인 역을 할 때,

내가 성자처럼 보이게 만드는 거야.

자객 둘, 등장

아, 잠깐! 내 명을 받아 사형을 집행할 자들이 왔군.

용감하고 강인한 너희들, 어찌 된 거냐?

지금 그 일을 해치우러 가는 길이냐?

자객 1 그렇습니다, 공작님. 그가 있는 곳에

들어갈 수 있는 영장을 받으러 왔습니다.

글로스터 잘 생각했다. 여기 그 영장이 있다.

(영장을 준다.) 일이 끝나면 크로스비 저택으로 와.

하지만 명심해. 마음을 독하게 먹고

신속하게 처리해. 애원에는 귀를 막고….

클래런스는 구변이 좋아서, 그의 말에 귀를 기울이면

동정심이 생길지도 몰라 하는 말이다.

자객 1 뭔 말씀을? 저희는 잡담 따위는 하지 않을 겁니다.

주둥이를 놀리다보면 일을 그르쳐요. 안심하세요.

입을 놀리러 가는 게 아니라 이 두 손을 쓰러 갑니다.

글로스터 바보들이 눈물을 흘릴 때,

너희들 눈에선 맷돌이 떨어지겠구나.[23]

마음에 든다. 즉시 일을 시작해라.

가거라! 어서!

자객 1 그러지요, 공작님.

모두 퇴장

4장

런던, 런던탑

클래런스 공작과 브래켄베리 등장

브래켄베리 공작님, 오늘 왜 그리 안색이 좋지 않으세요?

클래런스 아, 끔찍한 밤이었네.

소름끼치는 광경과 흉측한 악몽의 연속이었네.

독실한 기독교인으로 하는 말인데,

행복한 나날이 보상으로 주어진다고 해도

그런 밤을 두 번 다시 보내고 싶지 않아.

무서운 공포로 가득 찬 시간이었네.

브래켄베리 어떤 꿈이었나요, 공작님? 제발 말씀해주세요.

클래런스 런던탑을 탈출했던 것 같아.

그러고는 배를 타고 버건디로 가려고 했던 것 같아.

그 배에 함께 있던 내 동생 글로스터가 나를 유혹했지.

선실 밖으로 나가 갑판 위를 산책하자고 해서 그리 했어.

그곳에서 우린 잉글랜드 쪽을 바라보면서

요크 가문과 랭커스터 가문이 싸우는 동안

우리들이 겪었던 수많은 고난에 대해 얘기를 나눴지.

우린 발 디디기 힘든 갑판의 미끄러운 발판 위를 걸었는데,

그 순간 글로스터가

무엇엔가 발이 걸려 넘어질 뻔했던 것 같았어.

그래서 내가 붙들려고 했지만,

그는 갑자기 넘어지면서 나에게 부딪쳤고,

난, 갑판 너머 거친 파도가 치는 바다 속으로 빠져 버렸어.

아, 하느님! 익사하는 게 정말 고통스러웠던 것 같아.

귓전을 때리는 사나운 파도소리가 정말 무서웠어!

내 눈앞에 어른거리는 추한 죽음의 광경을 보았어!

수많은 난파선의 가공할만한 잔해들을 본 것 같아!

물고기들에게 뜯어 먹힌 수많은 사람들을 본 것 같아.

금덩어리, 거대한 닻, 진주더미,

헤아릴 수 없는 수많은 보석들,

그리고 값을 알 수 없는 귀한 보물들이

바다 속에 질펀하게 깔려 있는 것을 보았던 것 같아.

어떤 것은 죽은 사람의 해골 속에 박혀 있었는데,

눈알이 박혀 있던 그 우묵한 자리에,

마치 그 눈알을 조롱하듯,

두 개의 보석이 번쩍이면서,

심해의 미끈미끈한 바닥에 추파를 던지고 있었고,

사방에 흩어진 유골들을 조롱하고 있었던 것 같아.

브래켄베리 죽음을 눈앞에 두고, 해저의

그런 비밀을 바라다보실 겨를이 있었나요?

클래런스 그랬던 것 같아. 차라리 귀신 밥이 되려고

몇 차례나 애써 봤어. 하지만

그때마다 심술궂은 바닷물이 내 영혼을 가로 막아,

아무리 발버둥을 쳐도, 난 공기가 흐르는

망망대해의 수면 위로 빠져나가지 못했어.

그래서 내 영혼은

헐떡거리는 몸뚱이 속에서 질식할 것 같았고.

마침내 그걸 바다 속에 토해내는 것 같았네.

브래켄베리 그 극심한 고통 속에서도 깨지 않으셨습니까?

클래런스 아니, 아니, 죽은 후에도 계속 꿈을 꿨어.

아! 꿈을 꾸던 중,

내 영혼에 폭풍이 몰아치기 시작했어.

시인들이 말하던 음흉한 나룻배 사공에 이끌려,

나는 저 음산한 황천의 강을 지나,

영원한 밤의 왕국에 도달한 것 같았어.

떠돌아다니는 내 영혼을 그곳에서

제일 먼저 맞은 분이 내 장인이신 워릭 경이었지.

그분은 큰 소리로 이렇게 말씀하셨어.

"배신자 클래런스, 맹세를 저버린 너에게

이 영원한 암흑세계가 어떤 벌을 내려 다스릴 것인가?"

그러고는 장인은 사라지셨어.

그러고는 피에 젖은 밝은 머리칼을 한

천사 같은 혼령이 너울거리며 나타나

이렇게 소리쳤어. "클래런스가 왔소.

튜크스베리 전장에서 날 찔러 죽인

부정하고 거짓을 일삼는 배신자 클래런스가 왔소.

복수의 여신들이여, 놈을 잡아 고문하소서!"라고.

이 말이 끝나자

끔찍한 마귀들이 날 둘러싼 것 같았어.

내 귀에 대고 어찌나 무섭게 외쳐대는지,

그 소리에 난, 덜덜 떨면서 잠을 깼던 것 같아.

그러나 깨어나서도 한참 동안은

지옥에 있는 것 같았지.

꿈이 그렇게도 무서운 인상을 남겼단 말이네.

브래켄베리 놀란 것도 무리가 아닙니다, 공작님.

얘기만 들어도 소름이 끼치는 것 같습니다.

클래런스 아, 브래켄베리!

에드워드 왕을 위해 이렇게

영혼에 큰 상처를 남긴 죄를 저질렀지만,

지금 내 꼴 좀 보게. 그 답례로 이런 꼴이 되었네!

아, 신이시여! 제 간절한 기도로도

당신의 노여움이 가라앉지 않아 벌하시겠다면

저 혼자에게만 당신의 노여움을 행하소서!

아! 무고한 제 아내와 가련한 자식들은 용서하소서!

간수장, 제발 부탁하네. 잠시만 내 곁에 있어 주게.

영혼이 너무 무거워 잠을 좀 자고 싶네.

브래켄베리 그러겠습니다. 부디 편히 쉬십시오!

(클래런스 잠든다.)

슬픔은 시간의 흐름과 휴식의 시간을 깨뜨리는구나.

슬픔은 밤을 아침으로, 대낮을 밤으로 만드는구나.

왕후장상들은 그 칭호로 빛나지만

외적인 영예는 내적인 고통의 대가로 주어지는구나.

그리고 그들은 상상 속의 허망한 명예를 좇느라,

불안과 근심 가득한 세상을 느끼는 경우가 허다하다.

왕후장상들의 칭호와 천한 이들 이름 사이의

차이라고 해봐야 기껏 호칭뿐이 아닌가?

자객 둘, 등장

자객 1 여보시오! 게 누구요?

브래켄베리 당신은 대체 누구요?

　　　뭔 일로 어떻게 여길 왔소?

자객 1 클래런스 공과 할 얘기가 있어서

　　　내 발로 여길 찾아 왔소.

브래켄베리 뭐라고! 그뿐이오?

자객 2 지루한 얘기보다는 낫지 않소.

　　　말은 집어치우고 영장을 보여주겠소.

브래켄베리, 영장을 받아 읽는다.

브래켄베리 이 영장에는 클래런스 공작을

　　　당신들 손에 인도하라고 되어 있군.

이것이 뭘 의미하는지 따지진 않겠소.

난 그 일에서 발을 빼고 싶으니까.

공작님은 저기 주무시오. 열쇠는 여기 있고.

나는 이 길로 폐하를 뵙고

내게 주어진 책임을 당신들에게 인도했다고 아뢰겠소.

자객 1 그렇게 하시오. 현명한 생각이오. 그럼 잘 가시오.

브래켄베리 퇴장

자객 2 그냥 저렇게 자고 있을 때 찔러 죽여 버릴까?

자객 1 안 돼. 그럼 그가 깨어나 우릴 비겁하다고 할 거야.

자객 2 깨어난다고! 아니, 최후의 심판 일까지는

영영 깨어나지 못할 거야.

자객 1 글쎄, 그럼 그때 말하겠지.

자고 있을 때 찔러 죽였다고….

자객 2 '최후의 심판' 소리를 들으니 어쩐지 좀 꺼림칙하군.

자객 1 뭐라고, 겁이 나는가?

자객 2 죽이는 건 겁나지 않아. 영장을 가지고 있으니까.

하지만 사람을 죽인 죄로 지옥에 떨어지는 것을

막아 줄 수 있는 그런 영장은 없지 않은가?

자객 1 죽일 결심이 서있다고 생각했는데….

자객 2 결심이 서있지. 그를 살려 주기로….

자객 1 글로스터 공작께 돌아가서 그리 보고해야겠군.

자객 2 아니, 제발 잠깐만 기다려.

동정심이 많은 내 기질은 아마 곧 변할 거야.

내 기질은 늘 그렇지만

스물쯤 셀 때까지만 지속될 거야.

자객 1 지금은 어떤가?

자객 2 아직도 양심의 찌꺼기가 가슴속에 조금 남아있어.

자객 1 처리한 후에 우리가 받을 보수를 생각해 보게.

자객 2 제기랄, 처치하세. 보수를 잊고 있었군.

자객 1 이제 자네 양심이 어디에 가 있는가?

자객 2 글로스터 공작의 지갑 속에 가 있지.

자객 1 보수를 주려고 그가 지갑을 열면

자네 양심은 날아가 버린단 말인가?

자객 2 그런 건 상관없어.

그까짓 양심이 문제될 사람은

거의, 아니 전혀 없을 거야.

자객 1 하지만 양심이 다시 돌아오면 어찌할 셈인가?

자객 2 상종하지 않겠네.

양심은 사람을 겁쟁이로 만들어.

도둑질하려고 하면 가책을 느끼게 하고,

욕하려고 하면 비난을 하고,

이웃집 사람 아내와 자려고 하면

꼭 냄새를 맡거든. 글쎄,

양심이란 놈은 수줍어서 늘 얼굴을 붉혀.

사람의 마음속에서 늘 반란을 일으키지.

온갖 방해를 일삼는 놈이야.

언젠가 금화가 든 돈지갑을 주운 적이 있었지.

하지만 양심 때문에 돌려줘버렸어.

양심을 따르면 모두 거지가 된다니까.

그래서 동네마다 놈을

위험인물로 취급하고 추방하는 거야.

편안하고 유복하게 살려면,

양심을 몰아내고 자신만 믿고 살아야 해.

자객 1 제기랄, 지금도 양심이 내 곁에 나타나서

공작을 죽이지 말라고 설득하고 있어.

자객 2 마음속의 양심이란 악마를 체포하고,

앞으로는 믿지 마. 아무도 모르는 사이에

슬쩍 들어와 한숨 쉬게 할뿐이니까.

자객 1 난 심지가 굳은 사람이야. 날 당할 수는 없어.

자객 2 명예를 존중하는 대장부처럼 말하는군.

자, 이제 일을 시작해 볼까?

자객 1 우선 그의 대갈통을 자네 칼자루로 내리쳐.

그런 다음 옆방에 있는 포도주통에 처넣도록 하세.

자객 2 아, 좋은 생각이야! 그를 술에 담근 과자로 만드세.

자객 1 잠깐! 그가 깨어났어.

자객 2 내리쳐!

자객 1 아니, 그와 좀 따져 보고.

클래런스 간수, 어디 있나? 포도주 한 잔 주게.

자객 1 나리, 이제 곧 실컷 드실 겁니다.

클래런스 너희들은 대체 누구냐?

자객 1 당신과 같은 인간이오.

클래런스 천만에. 나처럼 왕가의 피가 흐르고 있진 않겠지.

자객 2 당신처럼 신의가 없는 사람은 아니오.

클래런스 음성은 천둥 같지만 얼굴은 비천하군.

자객 1 음성은 왕의 것이지만, 얼굴은 내 것이니까.[24]

클래런스 참으로 암울하고 무서운 말투로구나!

눈초리가 무섭구나. 왜 그렇게 파랗게 질리느냐?

누가 너희들을 여기 보냈느냐? 무슨 일로 왔느냐?

자객 일동 저, 실은….

클래런스 날 죽이려고?

자객 일동 아, 예.

클래런스 변변히 답도 잘하지 못하는 걸 보니,

일을 실행할 용기가 없는 것 같군.

여보게, 대체 내가 자네들에게 뭔 잘못을 했나?

자객 1 우리가 아니라 국왕께 잘못을 저질렀소.

클래런스 그분과는 다시 화해할 것이다.

자객 2 못할 것이오. 죽을 준비나 하시오.

클래런스 수많은 사람들 중 하필이면

자네들이 뽑혀서 무고한 사람을 죽이러 왔는가?

대체 내 죄가 뭐냐?

나를 고발할 수 있는 증거가 어디 있느냐?

배심원들에게 어떤 법적인 요구를 했기에

그런 가혹한 판결이 내렸단 말이냐?

아니면 누가 가련한 나에게

사형이란 가혹한 선고를 내렸단 말이냐?

법에 따라 합법적인 유죄 선고가 언도되기 전에

날 죽이겠다고 위협하는 건 불법적인 행동이다.

내 명하노니, 통탄할 인간의 죄로 인해 흘리신

그리스도의 귀한 피의 대가로 구원을 받으려거든

썩 물러가라. 그리고 나에게 손을 대지 마라.

날 두고 너희들이 하려는 행위는

반드시 지옥에 떨어질 행동이다.

자객 1 우린 하도록 지시받은 명을 실행할 뿐이오.

자객 2 그리고 명을 내린 분은 다름 아닌 국왕이시오.

클래런스 아무 것도 분간하지 못하는 천한 것들!

왕 중의 왕이신 위대한 그리스도께서는

계율을 통해 살인을 금하라고 명하셨다.

그런데 그분의 계율을 무시하고

인간의 명령을 따르겠단 말인가? 잘 생각해라.

그분은 계율을 어긴 자들의 머리를 내려 칠

응징의 벼락을 손에 쥐고 계신다.

자객 2 바로 그 응징의 벼락이 당신께 떨어진 것이오.

당신의 위증과 살인의 대가로 말이오.

당신은 랭커스터 가문을 위해 싸우겠다고

성찬식에서 선서까지 했던 사람 아니오?

자객 1 그러고도 신의 이름을 더럽히는 역도처럼,

그 맹세를 깨뜨리고, 배신과 반역의 칼로

당신 주군 아들의 배를 갈라놓았소.[25]

자객 2 그것도 당신이 보호하고 길러주기로 맹세한 황태자를….

자객 1 그렇게 엄청난 계율을 어긴 당신이 어찌 감히

우리에게 하느님의 지엄한 계율을 들먹일 수 있소?

클래런스 아! 대체 내가 누구를 위해 그런 악행을

자행했단 말인가? 에드워드 형을 위해 한 일이 아닌가?

그 일로 왕이 날 죽이려고 너희들을 보낼 리 없다.

왕의 죄도 나의 죄만큼 크기 때문이다.

만약 신께서 천벌을 내리려고 하신다면,

항상 공개적으로 벌을 내리실 것이니, 이를 명심하라.

신의 권능을 대신 할 생각은 하지 않는 게 좋아.

신께서 남의 손을 빌려 우회적으로 또는

불법적인 수단으로 죄인을 처단하실 리가 없다.

자객 1 그럼 당신은 누굴 위해 잔인한 하수인 역을 했소?

누굴 위해 뭣 때문에, 당신이 플랜태저넷 왕가의

그 늠름하고 당당한 젊은 왕자를 죽였단 말이오?

클래런스 형에 대한 사랑과

악마 같은 마음과 분노 때문이었다.

자객 1 당신 형에 대한 사랑,

그리고 충성심과 당신 죄 때문에

우리가 지금 이렇게 당신을 죽이러 온 것이오.

클래런스 내 형을 위하는 마음이 있다면 날 증오하지 마라.

난 그분 아우이고, 정말 그분을 사랑하고 있다.

돈에 팔려 하는 일이라면, 이 길로 발길을 돌려라.

내가 보냈다고 하고 내 동생 글로스터 공작에게 가거라.

그럼 날 죽인 걸 두고 에드워드 왕이 내릴 보상보다

날 살려준 대가로 더 큰 보상을 받을 것이다.

자객 2 속고 있소.

동생 글로스터 공작은 당신을 미워하고 있소.

클래런스 아! 그럴 리 없어.

그는 날 사랑하고 소중히 여기고 있어.

내가 보냈다고 하고 그에게 가 보거라.

자객 1 예, 그렇게 하죠.

클래런스 가서 이렇게 전해라. 기품 있는

내 부친 요크 공께서 승리를 일구신 그 팔에

우리 삼형제를 안고 축복하셨으며,

형제끼리 서로 사랑하라고 진심으로 당부하셨다.

그때는 우리가 서로

이렇게 미워하리라곤 생각지도 못하셨겠지.

그에게 이를 생각해보라고 전해라.

그럼 눈물을 흘릴 거다.

자객 1 맷돌 같은 눈물을 흘리겠죠.

우리에게 그러라고 했으니까.

클래런스 아! 그렇게 욕하지 마라. 정이 많은 사람이니까.

자객 1 맞아요. 글로스터 공은 수확 철에 내리는 눈처럼

정이 많은 분이죠. 당신은 속고 있어요.

당신을 죽이라고 우릴 여기 보낸 사람은 바로 그분이오.

클래런스 그럴 리가 없다. 그는 나의 불운을 슬퍼하며

나를 팔에 안고 흐느끼면서 맹세했다.

날 석방시키기 위해 노력하겠다고 했었다.

자객 1 그러겠지요. 이 속세의 고역에서 석방시켜

당신이 천당의 기쁨을 맛보도록 노력하시겠죠.

자객 2 죽을 수밖에 없으니, 자 이제, 하느님과 화해하시오.

클래런스 나더러 하느님과 화해하라고 충고할 만큼

경건한 자네가, 어찌 자신의 영혼에 대해서는

눈을 감고, 감히 하느님의 뜻을 거역하고

나를 죽이려고 하는가?

아! 생각해봐. 이런 짓을 하도록 충동질한 자가

결국은 너희들이 이런 짓을 했다고 미워할 것이다.

자객 2 어떻게 할까?

클래런스 참회하고 영혼의 구원을 받아라.

자객 1 참회하라고! 그것은 비겁하고 계집 같은 짓이오.

클래런스 참회를 모르는 자는 야수요 야만인이요 악마로구나.

너희들이 왕자로 태어나, 지금 나처럼

옥에 갇혀 자유를 박탈당한 상태라면,

그리고 너희들과 같은 자객 둘에게 습격당하면,

너희들도 목숨을 구걸하지 않겠느냐?

(자객 2에게) 여보게,

자네 표정에 연민의 기미가 엿보이는군.

아! 자네 눈초리가 거짓이 아니라면,

제발 내 편이 되어다오. 나의 고통을 이해하고

나를 위해 내 생명을 보존토록 애걸해다오.

왕자가 구걸하는데

동정하지 않을 거지가 어디 있겠느냐?

자객 2 공작, 뒤를 좀 보시오.

자객 1 (클래런스를 찌른다.)

받아라, 한 대 더. 이래도 부족하다면

안에 있는 포도주 통 속에 담가 두겠다.

(시체를 끌고 나간다.)

자객 2 너무 잔인한 짓이다.

너무 신속하게 처리하는군!

예수님을 죽게 한 빌라도처럼, 나도

이 잔인한 살해에서 손을 씻었으면 좋겠구나!

자객 1, 다시 등장

자객 1 아니 어찌 된 거야!

돕지 않다니 대체 어쩌자는 거야?

맹세코, 자네가 얼마나 미지근하게 굴었는지

공작께 일러바치고 말 거야.

자객 2 일러주게. 내가 그분의 형을 살려 주고 싶어 했다고!
보수는 자네가 다 받게. 그리고 내가 한말이나 전해줘.
난 공작 살해에 가담한 걸 후회하고 있으니까.

자객 2, 퇴장

자객 1 나는 절대 후회하지 않아.
너처럼 비겁한 놈은 꺼져 버려. 그런데
시체는 공작께서 매장하라고 지시할 때까지
당분간은 어떤 구덩이에 숨겨 놓아야지.
그리고 보수를 받으면 어디론가 떠나야겠다.
일이 탄로되고 말 테니 여기 있으면 안 돼.

퇴장

2막

1장

런던, 궁전의 한 방

병환 중의 에드워드 왕, 엘리자베스 왕비, 도셋, 리버스,
헤이스팅스, 버킹엄, 그레이, 그리고 기타 인물들 등장

에드워드 왕 자, 됐소. 이걸로 오늘의 과제는 해결되었소.

경들, 오늘 보여준 단결된 자세를 계속 이어가 주시오.

짐은 매일같이 과인을 이 세상에서 데려가실

주님의 부름을 학수고대하고 있소.

이제 내 영혼은 편히 천당으로 떠날 수 있소.

이 땅에서 친구들이 서로 화해하도록 해 놓았으니까요.

리버스와 헤이스팅스, 두 사람 서로 악수하시오.

증오를 숨기려고 하지 말고 서로의 우의를 맹세하시오.

리버스 맹세코, 소신의 가슴에서 원한을 씻어내겠습니다.

그리고 이 손으로 진정한 우의를 다짐하겠습니다.

헤이스팅스 소신 또한 진심으로 그리 할 것을 맹세합니다.

에드워드 왕 명심하시오. 왕 앞이라고

거짓을 꾸며서는 아니 될 것이오.

거짓이란 아무리 숨겨도

왕 중의 왕이신 하느님께는 탄로될 것이니,

거짓에 대한 벌로 인해

서로가 파멸하는 일이 없도록 하시오.

헤이스팅스 소신 또한 번영을 위해 완벽한 우의를 맹세합니다.

리버스 소신은 헤이스팅스 경을 진심으로 사랑합니다.

에드워드 왕 왕비, 당신도 이 일을 두고 예외일 수 없소.

　　　　당신의 아들 도셋, 그리고 버킹엄 경도 마찬가지요.

　　　　그대들은 늘 파당을 만들어 서로 반목했소.

　　　　왕비, 헤이스팅스 경을 소중히 대하고,

　　　　당신 손을 내밀어 그가 입 맞추게 하시오.

　　　　그리고 거짓 없이 행동하시오.

엘리자베스 자, 헤이스팅스 경,

　　　　난 이제 지난날의 원한을 다시 되새기지 않을 거요.

　　　　그래야 나와 가족들이 번영을 누릴 거요.

에드워드 왕 도셋, 헤이스팅스 경을 포옹하시오.

　　　　헤이스팅스 경, 도셋 후작을 아껴주시오.

도셋 이 자리에서 천명합니다.

　　　　소신은 이 맹세를 절대 깨뜨리지 않을 겁니다.

헤이스팅스 소신 또한 맹세합니다. (둘은 포옹한다.)

에드워드 왕 그럼 버킹엄 공, 왕비의 친족들을 포옹하여

　　　　단결을 위한 이 맹약에 도장을 찍으시오.

　　　　단결된 그대들 모습을 보고 안심하도록 해주시오.

버킹엄 (왕비에게) 이 버킹엄이

　　　　왕비마마께 원한을 품는다면,

　　　　마마와 마마의 친족들을 충성을 다해

사랑하지 않는다면, 신의 벌을 받아, 가장 큰
우정을 기대하는 친구들에게 미움을 사게 하소서!
그리고 친구의 도움이 절실할 때,
그를 친구라고 확신하고 있을 때,
그가 바로 음험하고 속이 비고 믿을 수 없고
기만으로 가득 찬 인간이 되어
저를 배반하게 하소서! 그리 되기를 신께 빕니다.
왕비 마마와 마마의 친족에 대한 우의가 식으면 말입니다….

모두 포옹한다.

에드워드 왕 버킹엄 공, 그대의 맹세는
병든 내 마음을 즐겁게 하주는 감로주요.
이제 짐의 아우 글로스터만 이 자리에 있으면
이 화해는 축복으로 끝맺게 될 것이오.
버킹엄 마침 공작께서 오시는군요.

글로스터, 등장

글로스터 폐하 그리고 왕비마마, 안녕하십니까.
그리고 경들도 행복하시기를!
에드워드 왕 오늘은 정말 행복한 날이었소.
글로스터, 과인은 오늘 좋은 일을 했소.
서로 반목하던 귀족들의 적대감을 누그러뜨려
증오를 아름다운 우의로 돌려놓았으니까.

글로스터 훌륭하신 폐하, 복 받을 일을 하셨습니다.

이 자리에 계신 귀족 분들 중에

사실무근인 소문이나 그릇된 억측으로 인해

저를 적대시하는 분이 있을지도 모르겠습니다.

만약 제가 부지불식간에, 혹은 분을 삭이지 못해,

여기 계신 어떤 분께 참기 어려운 실례를

범했을지도 모르겠습니다. 하지만

절 용서하시고 화해하여 우의를 쌓기를 원합니다.

원한의 대상이 된다는 건, 저에게 죽음과 같습니다.

저는 그것을 증오합니다.

모든 선한 이들의 사랑을 갈구합니다.

먼저, 왕비마마, 진정한 화해를 원합니다.

충성을 다하겠으니 제 청을 받아 주십시오.

다음은 내 귀한 사촌 버킹엄 공작,[26]

우리 사이에 어떤 원한이 있다면 이제 씻읍시다.

다음으로 근거도 없이 날 못마땅하게 생각했던 경들,

그리고 리버스 경과 그레이 경,

우드빌 경과 스케일즈 경, 그리고 공작들, 백작들, 경들,

그리고 신사 분들 등 모든 분들과 화해하고 싶소.

나와 조금이라도 반목하고 있는

잉글랜드 사람이 누군지 전 알지 못합니다.

간밤에 태어난 갓난아이의 반목 이상으로 말입니다.

제게 겸손한 마음을 주신 하느님께 감사하고 있답니다.

엘리자베스 성스런 오늘의 화해가 이후에도 이어지고

모든 갈등이 사라지기를 하느님께 빕니다.

지엄하신 폐하께 간청 드리오니, 제발

폐하의 아우이고 제 시동생인 클래런스 공을 용서해주세요

글로스터 아니, 마마, 조롱하기 위해 우의를 제안하신 겁니까?

폐하 앞에서 어찌 절 이렇게 조롱할 수 있나요?

누가 클래런스 공작이 사형당한 걸 모르겠습니까?

(모두 깜짝 놀란다.)

마마께서는 그분을 모욕하고 시신을 조롱하고 계십니다.

에드워드 왕 그가 사형당한 걸 모르다니?

누가 알고 있단 말인가?

엘리자베스 모든 걸 굽어보시는 하느님,

세상에 어찌 이런 일이!

버킹엄 도셋 경, 내 얼굴도 다른 사람 얼굴처럼 창백하오?

도셋 그렇소, 공작. 이 자리에 있는 분들 가운데

볼에서 붉은 핏기가 가시지 않은 분은 한 분도 없습니다.

에드워드 왕 클래런스가 처형됐다고? 명은 취소되었는데….

글로스터 하지만 불쌍하게도 공작은

폐하께서 내리신 첫 명령에 의해 처형 됐습니다.

날개 돋친 전령 메르쿠리우스[27]가 첫 명령을 전달했고,

취소 명령은 느린 절름발이처럼 너무 늦게 전해졌어요.

시신이 매장된 후에야 도착했지요.

하느님은 그보다 천하고 더 불충한 놈들,

왕족의 혈통과는 멀고, 잔인한 생각에는 가까워서
사형당한 클래런스보다 먼저 벌을 받아야 할 놈들이
아무런 의심도 받지 않고 활개치고 다니도록 하셨어요.

스탠리, 등장

스탠리 폐하, 소신의 평소 충성을 봐서 은혜를 베푸소서.
에드워드 왕 제발 조용히 하시오.
　　　　짐의 영혼은 슬픔으로 가득하오.
스탠리 폐하께서 들어 주시기 전에는 일어나지 않겠습니다.
에드워드 왕 그럼 말해 보시오. 청하는 게 뭐요?
스탠리 폐하, 소신의 하인 목숨을 살려 주십시오.
　　　　제 하인 놈이, 최근까지 노포크 공작을 모시던
　　　　어떤 난폭한 신사 한 사람을 살해했습니다.
에드워드 왕 친동생의 사형을 명한 바로 이 혀로
　　　　하인 놈 하나의 사면을 명하란 말인가?
　　　　내 아우는 아무도 죽이지 않았소.
　　　　죄가 있다면 생각한 것뿐이었소.
　　　　그런데도 가혹한 사형이란 벌을 내렸소.
　　　　그를 위해 누가 청원을 했던가?
　　　　격노한 짐 앞에 무릎을 꿇고 엎드려
　　　　짐에게 충고한 자가 있었는가? 누가
　　　　형제간의 우의와 사랑을 들먹였던 적이 있었던가?
　　　　가련한 내 아우 클래런스가

막강한 장인 워릭을 배반하면서까지
짐을 위해 싸웠던 것을 누가 말해본 적이 있었는가?
튜크스베리 전쟁터에서 옥스퍼드의 손에
쓰러진 나를 구하고는, 그가
"형님, 살아남아 국왕이 되소서"라고 말했던 것을
누가 상기시켜 준 적이 있었던가?
우리 두 사람이 전쟁터에 누워 얼어 죽을 뻔 했을 때,
아우는 옷을 벗어 나를 감싸 주고,
마비될 것 같은 차디찬 밤에
클래런스는 거의 벌거숭이가 되었지.
그런데 그 일을 누가 나에게 말해 준 적이 있었던가?
야수 같은 분노가 이 모든 것을 내 기억에서 빼앗아,
나를 어두운 죄의 구렁텅이로 내몰았을 때,
짐에게 자비심을 일깨워준 사람은 아무도 없었다.
그러면서도 자신의 마부나 하인이
취중에 사람을 죽이고,
구세주의 모습을 닮은 귀한 인간을
망쳐 놓은 마당에, 당장 짐에게 찾아와
무릎을 꿇고 어찌 사면을 거듭 외칠 수 있단 말인가?
그리고 짐은 그 청이 부당하다는 걸 알면서도 사면했소.
하지만 그 누구도 아우를 위해 말해주지 않았소.
짐 또한 무정하게도 불쌍한 아우를 위해
스스로 재고해 보지 않았소.

경들 가운데 큰 영예를 누리고 있는 사람치고,

그의 은혜를 입지 않았던 사람은 아무도 없소.

그러면서도 아무도 그의 구명을 애원하지 않았소,

아, 하느님! 당신의 정의의 심판이

제 머리 위에, 경들 위에, 그리고

그 친족들에게 떨어지지 않을까 두렵습니다.

헤이스팅스 경, 짐을 도와 안으로 데려다 주시오.

아, 가련한 내 동생 클래런스!

에드워드 왕, 왕비, 헤이스팅스, 리버스, 도셋, 그리고 그레이 경 퇴장

글로스터 이는 경솔한 행동 탓이오.

그런데 보지 못하셨소?

클래런스가 처형되었다는 소식을 듣고

죄 많은 왕비의 친족들 얼굴이 창백해지는 것을?

아! 왕을 늘 선동하는 것은 바로 그들이오.

하느님께서 응징하실 거요. 경들, 함께 가서

에드워드 폐하를 위로해 드립시다.

버킹엄 우리가 기꺼이 공작을 수행하겠습니다.

모두 퇴장

2장

요크 공작부인, 클래런스 공작의
아들과 딸을 데리고 등장

소년 할머니 말씀해주세요, 아버지께서 돌아가셨나요?

요크 공작부인 아니다, 아가.

소녀 그럼, 왜 그렇게 울면서 가슴을 치세요?

왜 "아, 클래런스, 불쌍한 아들!"이라고 외치세요?

소년 저희들을 보면서 왜 머리를 절레절레 흔드시나요?

아버지께서 살아 계신다면 왜, 저희들에게

고아라니 가엾다니 버림받은 것들이란 말을 하세요?

요크 공작부인 내 귀여운 손자 손녀야, 잘못 알고 있다.

내가 슬퍼하는 것은 왕의 병이란다.

그분을 잃을까 두려워서이지,

너희들 아버지가 죽어서가 아니다.

이미 죽은 이를 두고 슬퍼해 봐야 소용없는 일이다.

소년 그럼 할머니, 아버지께서 돌아가신 거군요.

큰 아버님이신 폐하께서 그리 하신 거군요.

하느님께서 복수해 주실 거예요. 반드시 그리되도록

열심히 그리고 끈질기게 기도하겠어요.

소녀 저도요.

요크 공작부인 쉿, 애들아, 쉿!

폐하는 너희들을 정말 사랑하신다.

지각이 없고 순진한 너희들은

누가 네 아비를 죽게 했는지 짐작할 수 없단다.

소년 할머니, 짐작할 수 있어요.

선한 글로스터 삼촌께서 말씀하셨어요.

왕비께서 폐하를 자극하여

아버지께 죄를 뒤집어 씌워 투옥했데요.

글로스터 삼촌이 울면서 그렇게 얘기하셨어요.

그리고 불쌍하다면서 내 볼에 부드럽게 키스하셨죠.

그리고 삼촌을 친아버지처럼 의지하라고 하셨어요.

친자식처럼 사랑하겠다고 하시면서 말입니다.

요크 공작부인 아! 기만이라는 놈이

그럴싸한 외양을 슬쩍 훔쳐, 덕의 가면 속에

마음속 깊이 자리 잡은 악덕을 숨기고 있구나.

그도 내 아들이니 나의 수치. 하지만 내가

그에게 그런 기만의 젖을 빨게 한 일은 없다.

소년 삼촌이 저희를 속이고 있다고 생각하세요, 할머니?

요크 공작부인 그래 아가.

소년 전 그리 생각하지 않아요. 아! 저게 뭔 소리죠?

왕비, 산발한 채 등장.
리버스와 도셋, 왕비를 따라 등장

엘리자베스 내가 이렇게 울고불고 하면서

신세를 한탄하고 자신을 고문하는 것을

그 어느 누가 막아줄 것인가?

영혼과는 등을 진 시커먼 절망과 손을 잡고

나 자신을 원수로 삼아야겠다.

요크 공작부인 참지 못하고 이런 추태를 부리는 건 무슨 의미요?

엘리자베스 난폭한 비극의 한 장면을 연기하기 위해서요.

제 남편이며 당신 아드님이신 에드워드 왕께서 승하하셨어요!

뿌리가 죽었는데 가지인들 어찌 성하겠어요?

수액이 없어졌는데 입사귀가 어찌 마르지 않겠어요?

살아 계시려면 슬퍼하시고, 죽으시려거든 단숨에 죽으세요.

우리들 영혼을 빠른 날개에 싣고 왕의 영혼을 쫓아가던지,

아니면 충실한 신하답게 그분을 따라,

영원한 안식을 취할 수 있는 그분의 새 왕국에 들어가세요.

요크 공작부인 아! 왕비 못지않게 나도 애통하오.

그대의 귀한 남편은 또한 내 자식이기 때문이오.

나는 훌륭한 남편을 여의고 눈물을 흘리면서 살았소.

자식들 모습에서 그분 모습을 보면서 살아 왔소.

그런데 이제 그분의 당당한 모습을 비춰줄 거울 두 개가

심술궂은 죽음의 손에 박살이 나버렸소.

위안을 줄 것은 깨어져 비뚤어진 모습을

비추는 거울뿐. 그것을 볼 때마다

내 수치스런 모습이 비쳐 슬퍼지는구려.

왕비 그대도 미망인이지만, 그래도 어미로서
위안이 될 자식들은 아직 남아 있질 않소?
그러나 죽음은 내 품에서 남편을 앗아가고,
가냘픈 내게서 클래런스와 에드워드라는
두 개의 지팡이를 빼앗아갔소.
아! 어떤 업보를 쌓았기에 이리 되었단 말인가!
내 슬픔에 비하면 왕비의 슬픔은 별 것 아니오.
내 슬픔, 왕비 슬픔보다 크고,
내 울부짖음, 왕비의 것을 압도하오.

소년 아, 큰어머니!
우리 아버지가 죽었을 때는 안 우셨어요.
그러니 어찌 저희들이
큰어머니와 함께 울어드릴 수 있겠어요?

소녀 아비 잃은 저희들 고통을
그 어느 누구도 슬퍼해주지 않았어요. 그러니
과부가 되신 걸 아무도 슬퍼해주지 않을 거예요.

엘리자베스 슬퍼하는 것을 거들 필요는 없다.
눈물을 쏟지 못할 만큼 가슴이 말라 있진 않으니까.
세상의 모든 샘물은 그 물길을 내 눈으로 돌려라.
물을 흐름을 좌우하는 달님의 지배를 받아
억수처럼 쏟아지는 눈물로
이 세상을 물바다로 만들어라!
아, 내 남편, 내 소중한 군주 에드워드를 위해!

소년, 소녀 아, 우리의 소중한 아버지, 클래런스 경을 위해!

요크 공작부인 아아, 내 두 자식, 에드워드와 클래런스를 위해!

엘리자베스 의지할 이가 에드워드뿐인데, 그분은 가버렸어!

소년, 소녀 의지할 분은 클래런스뿐인데, 그분은 가버렸어!

요크 공작부인 의지할 이가 그들뿐인데, 그들은 가버렸어!

엘리자베스 이렇게도 불행한 과부도 있었을까?

소년, 소녀 이렇게도 불행한 고아들도 있었을까?

요크 공작부인 이렇게 불행한 어미도 있었을까?

아! 내가 이런 슬픔의 모태가 되다니!

그들의 고뇌는 부분적이나, 내 고뇌는 총체적이야.

에드워드 때문에 왕비가 울고 있지만 나도 울어.

클래런스 때문에 내가 울고 있지만 왕비는 울지 않아.

클래런스 때문에 저 애들이 울고 있지만 나도 울고 있어.

에드워드 때문에 내가 울고 있지만 저 애들은 울지 않아.

아! 너희들 세 사람은 삼중으로 고통 받는 나를 위해

너희들 눈물을 다 쏟아다오! 난 너희들 슬픔의 유모이니,

슬픔에게 비탄의 젖이나 실컷 먹여 주리라!

도셋 마마, 진정하세요. 신께서 하시는 일을 두고

그렇게 불평하시면 신께서 언짢아하십니다.

세상사에 있어서도

배은망덕하단 소리를 듣게 됩니다.

관대한 분이 친절을 베풀어 빌려준 빚을

마지못해 되돌려주는 모습을 보이면 말입니다.

하물며 하늘의 뜻에 반항하면

두말할 나위도 없겠지요. 신께서 잠시 빌려 준

왕의 생명을 돌려달라고 요구하신 거니까요.

리버스 마마, 자식을 보살피는 어머니로서,

나이 어린 왕자님을 생각하십시오.

태자께 곧장 사람을 보내십시오.

그분이 보위에 오르게 하십시오. 왕자님을 믿고 사십시오.

처절한 슬픔은 고 에드워드 폐하의 무덤 속에 묻고

살아있는 에드워드의 옥좌에 기쁨을 심으십시오.

글로스터, 버킹엄, 스탠리, 헤이스팅스,
랫클리프, 그리고 기타 인물들 등장

글로스터 형수님, 마음 편히 가지세요. 우리들 모두,

빛나던 별이 그 빛을 잃어가는 걸 슬퍼하고 있습니다.

하지만 그렇게 울어봤자 이 재앙을 어찌 할 순 없어요.

아, 어머니, 저를 용서하십시오.

거기 계신 것을 알아보지 못했습니다.

이렇게 겸허하게 무릎을 꿇고,

어머니의 축복을 간절히 바라고 있습니다.

요크 공작부인 신께서 널 축복하시길!

네 가슴에 온유함이 그리고

사랑과 자비와 순종과 충의가 깃들기를!

글로스터 아멘! (방백) 그리고 천수를 다하게 하소서!

이게 바로 어머나 축원의 마지막 말이어야 하는데….

어머니가 이 말을 빼먹다니 참으로 놀랍군.

버킹엄 비탄에 잠겨 침통한 귀족 여러분,

　　　무거운 슬픔의 짐을 나눠 함께 짊어진 귀족 여러분,

　　　자, 이제 서로를 사랑하는 마음으로 격려합시다.

　　　선왕의 풍성한 수확기는 이미 지나갔으니

　　　그분 아드님이신 태자께 새 수확을 기대합시다.

　　　가슴속에서 끓어오르던 원한으로

　　　갈라진 나무와 같았던 마음들을

　　　얼마 전에 부목(副木)을 대어 깁고 봉합했소.

　　　이제 이것을 잘 간직하고 소중히 지켜야 할 것입니다.

　　　제 생각으로는, 몇 사람을 러들로우로 보내

　　　어린 태자를 여기 런던으로 모시는 게 좋을 것 같습니다.

　　　태자께서 우리의 국왕으로 왕관을 쓰시도록 말입니다.

리버스 왜 몇 사람만 파견하자고 하십니까, 버킹엄 경?

버킹엄 글쎄, 너무 많은 사람을 보내면

　　　악의라는 갓 아문 상처가

　　　다시 터지지 않을까 걱정이 되기 때문입니다.

　　　상처가 터지면, 들어선지 얼마 되지 않고,

　　　통치체제도 그리 잘 갖춰지지도 않은 왕조가

　　　그만큼 위험에 처하지 않겠습니까?

　　　말들을 제어할 고삐를 말들 스스로 갖고 있어서

　　　모두가 어디로든 제멋대로 달려갈 형국이니까요.

명백하게 드러난 재앙은 물론이고,

재앙의 징조로 인한 우려조차도

미리 피하는 게 상책일 것 같습니다.

글로스터 우리를 화해시켰던 선왕의 뜻이 지켜지길 바라오.

적어도 나에겐 그때 맺은 맹약은 견고하고 진실하오.

리버스 저도 그렇습니다. 그리고 여러분도 그럴 겁니다.

하지만 들어선 지 얼마 되지 않은 왕조이니,

일어날지도 모르는 분쟁의 소지는 피하는 게 좋습니다.

많은 인원이 수행하면 분쟁이 일어날지도 모릅니다.

그래서 나도, 태자를 모시기 위해 적은 인원을

파견하자는 버킹엄 경의 의견에 찬성합니다.

헤이스팅스 저도 같은 생각입니다.

글로스터 그럼 그렇게 합시다.

그리고 누구를 즉시 러들로우로 파견할 것인지를

저리 가서 결정합시다. 그런데 어머님과 형수님,

이 일에 관한 의견을 좀 들려주시겠습니까?

버킹엄과 글로스터만 남고 모두 퇴장

버킹엄 공작님, 누가 황태자를 맞으러 가던

우리 두 사람은 결코

이 자리에 머물러 있어서는 아니 될 것입니다.

이 기회에 최근에 우리가 논의했던

그 얘기에 대한 서막으로, 황태자로부터 왕비의

저 오만불손한 친족들을 떼어놓아야 할 테니까요.

글로스터 그대는 나의 분신이오.

나의 고문이며 신탁이요 예언자란 말입니다!

친애하는 내 친족, 나는 아이처럼

경의 지시를 따르겠소. 그럼 러들로우로 갑시다.

뒤에 쳐져 있어선 안 될 테니까.

퇴장

3장

런던, 거리

시민 두 사람, 등장

시민 1 여봐요, 안녕하시오. 어딜 그리 급히 가오?

시민 2 사실은 나도 잘 모르겠소.

떠도는 바깥소문을 들었소?

시민 1 아, 폐하께서 승하하셨다더군.

시민 2 정말 흉한 소식이오. 구관이 명관이라고들 하지 않소?

걱정이오, 걱정. 분명 앞으로 어지러운 세상이 될 것 같소.

시민 또 한사람, 등장

시민 3 여보시오, 안녕하시오!

시민 1 당신도 별고 없으시오?

시민 3 에드워드 폐하의 승하 소식이 사실이오?

시민 2 아, 그렇소. 정말이오. 하느님, 저희를 구하소서!

시민 3 그럼 좀 시끄러운 세상이 되겠군요.

시민 1 아니, 그럴 리가.

신의 가호로 태자께서 잘 다스리시겠죠.

시민 3 어린 왕이 다스리는 이 나라 꼴이 어찌될지!

시민 2 잘 다스릴 희망이 있어요.

성년이 될 때까지는 중신들이 보필할 것이고

충분히 자라 성년이 되면 몸소 다스릴 것이고

성장한 그분께서 후에도 잘 다스리실 것이오.

시민 1 헨리 6세는 겨우 생후 9개월이었을 때,

파리에서 국왕으로 등극하셨죠.

그때와 나라 사정이 똑 같아요.

시민 3 나라 사정이 그랬나요?

아니, 친구 분들, 정말이오. 그 당시

이 나라에는 유능하고 현명한 신하들이

많다고 소문났었지요. 뿐만 아니라

어린 그분을 지켜줄 훌륭한 삼촌들도 계셨소.

시민 1 이분에게도 그 점은 마찬가지요. 친가와 외가 쪽 다.

시민 3 그게 문제요. 전부가 친가 쪽이던가, 아니면

친가 쪽이 한 명도 없는 것이 더 나을 겁니다.

누가 왕과 가장 가까운가를 두고 벌이는 경쟁으로,

우리 모두가 상처받을 거요.

하느님께서 막아주신다면 몰라도….

아, 글쎄 글로스터 공은 매우 위험한 사람이거든!

또한 왕비의 아들들과 동생들도 오만한 사람들이고….

그들이 다스리는 쪽이 아니라 통치 당하는 쪽이 되면,

병든 이 나라가 전처럼 평안을 누릴 수 있을 텐데….

시민 1 자, 자, 너무 심한 걱정이오. 만사가 잘 되어갈 거요.

시민 3 먹구름이 몰려오는 게 보이면,

현자들은 외투를 입는 법이오.

큰 나무 잎들이 떨어지면 겨울이 임박했다는 증거요.

해가 지는데, 누가 밤이 오는 걸 모르겠소?

때 아닌 폭풍은 흉작과 기근을 예상케 합니다.

모든 게 잘 될 지도 모르죠. 하지만 신의 뜻이라면

인과응보나 예상 이상으로 큰 재앙이 내릴지도 몰라요.

시민 2 사실 모두들 두려운 마음으로 가득 차 있소.

어느 누구와 얘기 해봐도, 침울한 표정에

두려움의 빛을 띠고 있지 않은 사람은 없소.

시민 3 변고가 있기 전에는 늘 그렇소.

신으로부터 받은 본능을 통해,

인간의 마음은 닥쳐올 위험을 미리 알아챕니다.

격렬한 폭풍이 치기 전에

파도가 심해진다는 것을 우린 경험으로 알고 있소.

하지만 만사를 하느님께 맡깁시다. 어디로 가시오?

시민 2 실은 법정에 출두하라는 명을 받았습니다.

시민 3 나도 그렇소. 그럼 같이 갑시다.

모두 퇴장

4장

런던, 궁전의 한 방

요크 대주교, 어린 요크 공작,
엘리자베스 왕비, 요크 공작부인 등장

대주교 간밤에는 그분들이 스토니 스트래트포드에서 묵었고,

오늘 밤에는 노햄프턴에서 쉴 예정이라고 들었습니다.

내일 아니면 모레쯤에는 그분들이 도착하실 겁니다.

요크 공작부인 태자를 만나고 싶은 심정이 간절하오.

지난번 만났을 때보다 많이 자랐을 것으로 기대합니다.

엘리자베스 제가 듣기로는 그렇지 않은가 봅니다.

동생인 요크가 오히려 그보다 크다고들 합니다.

어린 요크 공작 그래요, 어머니. 하지만 전 그게 싫습니다.

요크 공작부인 어린 것아, 왜 그렇지? 자라는 것은 좋은 일인데….

어린 요크 공작 할머니, 어느 날 저녁, 함께 식사를 하고 있을 때,

외삼촌 리버스가 제가 형님보다 더 크다고 하니까,

글로스터 삼촌께서 이렇게 말씀하셨어요.

"그래, 화초는 작아도 품위가 있지만

잡초는 그저 무성하기만 하거든." 그 후로 저는

너무 빨리 자라는 게 싫어진 것 같아요.

예쁜 꽃은 서서히 자라는데 잡초는 마구 자라니까요.

요크 공작부인 그래, 옳은 말이다. 하지만

너에게 그 말을 한 사람에게는 해당되지 않는 말이다.

네 삼촌은 어린 시절에 매우 허약했고

성장이 아주 더디었던 사람이니까. 그 말이 진실이라면

그가 품위 있는 사람이 되어 있어야 할 게 아니겠느냐.

대주교 마마, 그분은 분명 품위 있는 분이십니다.

요크 공작부인 나도 그러길 희망하오.

하지만 어미로서 의심스럽소.

어린 요크 공작 참, 그때 그 일이 기억났다면,

글로스터 삼촌을 놀릴 수 있었을 텐데….

내가 크는 모습보다 삼촌께서 크는 모습에

더 어울릴 말씀이라고 말입니다.

요크 공작부인 아니, 얘야, 뭔 말이냐? 제발 말해봐라.

어린 요크 공작 삼촌께서 너무 빨리 자라서,

태어나서 두 시간도 되기 전에,

빵 껍질을 씹을 수 있었다고 하시더군요.

저는 만 두 살이 돼서야 겨우 이빨이 났는데….

할머니, 이런 일로 삼촌을 지독하게 놀릴 수 있었는데요.

요크 공작부인 귀여운 아가, 누가 그런 말을 하더냐?

어린 요크 공작 할머니, 삼촌의 유모가요.

요크 공작부인 유모라고! 네가 태어나기도 전에 죽은 사람인데?

어린 요크 공작 그녀가 아니라면 누구에게 들었는지 모르겠어요.

엘리자베스 맹랑한 놈, 그만 둬! 너무 버릇없구나.

대주교 왕비님, 아이에게 그렇게 화내지 마십시오.

엘리자베스 낮말은 새가 듣고 밤 말은 쥐가 듣는다는데….

사자, 등장

대주교 사자가 왔군요. 무슨 소식이냐?

사자 말씀드리기 거북한 소식입니다.

엘리자베스 황태자는 어떠냐?

사자 예, 마마, 무사하십니다.

요크 공작부인 그래 무슨 소식이냐?

사자 리버스 경과 그레이 경이 폼프렛으로 압송됐습니다.
토머스 본[28] 경도 함께 죄수로서 압송됐습니다.

요크 공작부인 누구 명으로?

사자 막강한 권력을 가진 두 분 공작,
글로스터 공과 버킹엄 공의 명입니다.

대주교 무슨 죄목으로?

사자 제가 아는 것은 모두 말씀드렸습니다.
저로서는 그 귀족 분들이, 어째서 뭣 때문에
투옥되셨는지를 전혀 알지 못합니다.

엘리자베스 아! 내 집안의 몰락이 눈에 선하구나!
호랑이가 지금 온순한 암사슴을 때려잡았구나!
무례하게 날뛰는 폭정이 순진하고
위엄이 서지 않은 왕좌를 덮치기 시작하는구나!
오너라! 파괴여, 유혈이여, 대학살이여!
지도를 보는 것처럼 만사의 끝이 훤히 보이는구나!

요크 공작부인 저주의 세월과 불안하고 시끄러운 세월을

이 눈으로 얼마나 오랫동안 지켜봤던가!

내 남편은 왕관을 얻으려다 목숨을 잃었고,

자식들은 운명의 조수에 실려 이리저리 흔들렸다.

그들이 패배하고 승리할 때마다 난 울고 웃었다.

그런데 이제 옥좌를 차지하고 내란이 말끔히 진압되자

승자들 서로가 골육상쟁을 벌이고

피를 보는 유혈 사태를 보게 되다니!

도리를 벗어난 광란이여,

그 저주받은 악의를 멈추던가,

아니면 내 목숨을 거두어라!

더 이상의 죽음을 보게 하기보다는….

엘리자베스 자, 자, 아이들아, 성소(聖所)로 피신하자.

그럼 마마, 안녕히 계십시오.

요크 공작부인 기다리시오. 나도 함께 가겠소.

엘리자베스 어머님은 그럴 필요가 없어요.

대주교 (왕비에게) 왕비님, 가시지요.

보물과 일용품을 챙겨 거기 가지고 가십시오.

제가 맡아 있는 옥새는 나중에 왕비님께

돌려드리겠습니다. 제 신상에 뭔 일이 닥치던

반드시 왕비님과 일족들을 보호하겠습니다.

자, 성소로 안내하겠습니다.

모두 퇴장

3막

1장

런던, 거리

나팔 소리. 황태자, 글로스터 공, 버킹엄 공, 켓츠비,
추기경 바우처, 그리고 다른 인물들 등장

버킹엄 태자님, 왕도인 런던에 오신 걸 환영합니다.

글로스터 환영합니다. 조카이자 제 주군이신

태자 저하, 여로가 고단하여 우울해 보이십니다.

황태자 아니오, 삼촌. 도중에 있었던 사건 때문에

여로가 지루하고, 고달프고, 울적했을 뿐이오.

여기서 날 맞아주는 삼촌들이 더 많았으면 좋을 텐데.

글로스터 저하, 세상물정에 물들지 않은 어린 저하께선

아직 세상의 기만을 깊이 헤아리지 못하십니다.

사람을 보셔도 그 겉모습과 속마음을

구별하지 못하시죠. 신께선 알고 계실 테지만,

사람의 겉모습이 속마음과 같은 경우는 거의,

아니 절대로 없습니다.

저하를 맞아주기를 바라는 외삼촌들은

실은 위험한 자들입니다.

저하께선 그들의 달콤한 말에 속으시고,

그들 가슴속의 독은 보지 못하신 겁니다. 신이시여,

그들과 간악한 무리들로부터 저하를 보호하소서!

황태자 신이시여, 간악한 무리들로부터 절 보호하소서!

하지만 외삼촌들은 그런 사람들이 아니어요.

글로스터 저하, 런던 시장이 저하를 맞으러 오는군요.

시장, 수행원들을 거느리고 등장

시장 태자 저하의 건강과 행복을 축원합니다.

황태자 고맙소, 시장. 여러분 모두에게도 감사드리오.

어머님과 아우 요크가 날 환영하기 위해

내가 오는 도중에 진작 여기 나와 있을 것으로 생각했소.

원 참, 느려 빠진 헤이스팅스 같으니, 그들이

올 건지 아닌지를 알리러 이 자리에 나오지도 않다니!

헤이스팅스, 등장

버킹엄 마침 그가 땀을 흘리며 급히 오고 있군요.

황태자 잘 오셨소, 헤이스팅스 경.

그런데 어머님은 오시는 거요?

헤이스팅스 영문을 모르겠습니다. 아무도 모른답니다.

저하의 어머님이신 왕비님과 아우 요크 공께선

성소로 피신하셨습니다. 어린 아우님은

저와 함께 저하를 맞으러 여기 오고 싶어 하셨지만

저하 어머님께서 한사코 말리셨습니다.

버킹엄 원 참! 왕비께서 그러시다니, 이 무슨

어리석고 지각없는 처사란 말인가! 추기경,

가서 왕비를 설득해주시오. 요크 공을

그분 형이신 태자님께 당장 보내도록 설득해주시오.

그리해도 왕비가 거절하면,

헤이스팅스 경이 추기경과 같이 가서

의심하는 왕비 품에서

강제로라도 요크 공을 빼앗아 오시오.

추기경 버킹엄 공, 미력한 내 말주변으로

요크 공을 어머니 품에서 빼앗을 수 있다면,

곧장 여기로 모시고 오겠습니다.

하지만 점잖게 호소하는데도 왕비께서

완강하게 고집하신다면, 저도 어쩔 수 없습니다.

하느님께서 축복받은 성소의 성스러운 특권을

침해하는 걸 허용하진 않으실 테니까요.

이 나라를 다 주신다고해도 저로서는

그런 엄청난 죄를 범할 수는 없습니다.

버킹엄 추기경은 너무 지각없이 완고하시오.

그리고 너무 격식과 전통에 매어 있어요.

어지러운 세태를 고려하여 그 일을 좀 생각해 보시오.

요크 공을 데리고 나온다고 성소를 침해하는 건 아니오.

원래 성소의 은혜란 그곳에 피신할 수밖에 없는 죄를

저지른 자들, 그리고 궁지에 빠져, 거기가

안전하다는 걸 알고 있는 자들에게만 허용된 은혜요.

그러나 요크 왕자는

피신할 수밖에 없는 죄를 저지른 것도

궁지에 빠진 것도 아니질 않소. 그러니

내 생각엔 왕자가 거기 피신할 이유가 없는 것 같소.

그럼 그곳에 있을 이유가 없는 이를 데리고 나온다고 해서,

그대가 성소의 특권이나 율법을 깨뜨리는 건 아니오.

성소에 피신한 성인들 얘기는 나도 자주 들었소. 하지만

애가 성소에 피신했다는 얘기는 지금까지 듣지 못했소.

추기경 아무튼 이번만은 공의 견해에 따르겠습니다.

그럼 헤이스팅스 경, 저와 함께 가보실까요?

헤이스팅스 그러지요, 추기경님.

황태자 그럼 경들, 어서 가 보시오.

(추기경, 헤이스팅스 퇴장)

말씀해보세요, 글로스터 삼촌. 아우가 오면

우리는 대관식 날까지 어디에 머물게 되나요?

글로스터 국왕이 되실 분에게 가장 잘 어울릴 곳입니다.

우선 제가 권하려는 것은 저하께서

며칠 정도 런던탑에서 휴식을 취하시라는 것입니다.

그리고는 저하의 건강과 휴식에 가장 적합한

장소라고 생각되는 곳을 마음대로 택하십시오.

황태자 어디보다도 런던탑은 싫어요.

런던탑은 줄리어스 시저가 지었다죠, 삼촌?

버킹엄 그래요. 저하. 시저가 런던탑을 짓기 시작했고
후세 대대로 그것을 개축해 왔습니다.

황태자 시저가 그걸 지었다는 게 기록으로 남아 있습니까?
아니면 대대로 구전으로 내려온 것입니까?

버킹엄 기록에 남아 있습니다, 저하.

황태자 하지만 버킹엄 공, 말씀해 봐요.
기록으로 남지 않더라도 진실이란 대대로 살아남아
모든 후손들에게 전해지고, 마침내
최후의 심판 날까지 전해지지 않을까요?

글로스터 (방백) 사람들은 이렇게 말들을 하지.
어린 것이 너무 영리하면 오래 살지 못한다고….

황태자 삼촌, 그게 무슨 말씀이지요?

글로스터 기록이 없어도 명성은 오래간다고 했습니다.
(방백) 난 이렇게 도덕극에 늘 등장하는 '악덕'²⁹ 역처럼,
한 가지 말 속에 두 가지 뜻을 포함시키거든.

황태자 시저는 유명한 분이었지요.
그분 용기가 그분 지혜를 한결 더 빛냈지만,
그분 지혜 때문에 용기가 후세까지 살아남은 것이죠.
죽음도 이 정복자를 정복하지는 못했어요.
육신은 사라졌어도 명예는 아직 살아 있으니까요.
버킹엄 경, 당신께 드릴 말씀이 있어요.

버킹엄 저하, 무엇입니까?

황태자 내가 성인이 될 때까지 살아남는다면

프랑스에 대한 나의 오랜 권리를 되찾겠소.

그러지 못하면, 왕으로 살기보다는

일개 병사로서 죽는 게 나을 거요.

글로스터 (방백) 봄철이 빨리 오면 여름철이 짧은 법이지.

어린 요크 공작, 헤이스팅스 경, 추기경 등장

버킹엄 때마침 요크 공작께서 오십니다.

황태자 요크 공 리처드! 사랑하는 아우 잘 있었나?

어린 요크 공작 예, 지엄하신 폐하. 이제 그리 불러야겠군요.

황태자 아우야, 그렇구나. 피차에게 슬픈 일이지만,

그 존칭을 당연히 가져야 할 분이 최근에 돌아가셨다.

그분께서 승하하시어 그 칭호의 위엄도 사라져 버렸어.

글로스터 아, 조카이신 요크 공작, 별고 없으셨소?

어린 요크 공작 고맙습니다, 삼촌. 아, 삼촌,

언젠가 잡초는 빨리 자란다고 말씀하셨죠?

그런데 형님이 저보다 훨씬 더 자라셨어요.

글로스터 그렇군요.

어린 요크 공작 그럼 형님은 잡초인가요?

글로스터 영리한 조카, 천만에요. 그리 말하지 않았어요.

어린 요크 공작 그럼 삼촌에겐 저보다 형님이 더 중하군요.

글로스터 형님께선 군주로 저에게 명을 내릴 수 있지만,

요크 왕자님과 저는 숙질지간이니까요.

어린 요크 공작 삼촌, 제발 그 단검을 제게 주시겠어요?

글로스터 내 단검을? 물론 기꺼이 드리지요.

황태자 아우야, 네가 거지냐?

어린 요크 공작 친절한 삼촌께서 주실 걸로 알고 있었어요.

더구나 하찮은 것이니 주셔도 아까울 게 없을 겁니다.

글로스터 그보다 더한 선물이라도 조카님께 드리죠.

어린 요크 공작 더한 선물이라! 그럼 장검도 주시겠어요?

글로스터 아, 물론. 그게 좀 더 가볍다면.

어린 요크 공작 아, 그럼 하찮은 것만 주실 생각이고

값진 것을 청하면 거절하실 생각이군요.

글로스터 요크 공이 차고 다니기에 이 장검은 너무 무거워요.

어린 요크 공작 더 무거운 것이라도 가볍게 찰 수 있어요.

글로스터 원 참! 꼬맹이 나리, 꼭 이 장검을 갖고 싶소?

어린 요크 공작 갖고 싶어요. 삼촌이 저를 부를 때 감사하게요.

글로스터 어떻게요?

어린 요크 공작 꼬맹이 나리, 이렇게요.

황태자 요크는 늘 말버릇이 고약해요.

하지만 삼촌, 요크를 너그럽게 참고 봐주세요.

어린 요크 공작 절 봐주시는 게 아니라

등에 업는단 말씀이시군요.

삼촌, 형님께서 우리 둘 다 놀리고 계세요.

형님께선 제가 원숭이 같은 꼬맹이라

삼촌이 절 어깨에 메고 다닐 줄로 생각하니까요.

버킹엄 따지는 재치가 참으로 예리하구나!

삼촌을 조롱하면서도 그걸 누그러뜨리기 위해

적당히 교묘하게 제 욕을 하는 것을 좀 보세요.

어린 것이 너무나 영리해 참으로 놀랍군요.

글로스터 태자 저하, 먼저 가시겠습니까?

저는 제 친족 버킹엄 경과 함께

어머님께로 가서 런던탑으로 오셔서

저하를 맞고 환영하라고 권해 보겠습니다.

어린 요크 공작 아니, 런던탑으로 가시는 겁니까, 저하?

황태자 섭정인 삼촌께서 꼭 그리 해야겠다고 하시는구나.

어린 요크 공작 런던탑에서는 편히 잠들지 못할 것 같아요.

글로스터 왜, 뭐가 무서워서요?

어린 요크 공작 글쎄, 성난 클래런스 삼촌 유령이 무서워요.

할머니께서 클래런스 삼촌이 거기서 살해되셨다고 했어요.

황태자 죽은 삼촌은 두렵지 않아.

글로스터 살아 있는 삼촌도 두려워하실 필요가 없어요.

황태자 삼촌들이 다 살아계신다면

— 그리 바라는데 — 두려울 게 없겠죠.

자, 그럼 갑시다. 삼촌들을 생각하면서,

무거운 마음으로 런던탑으로 갑시다.

나팔소리.

글로스터, 버킹엄, 켓츠비만 남고 모두 퇴장

버킹엄 공작, 어찌 생각하십니까?

이 수다스러운 꼬마 요크 공작이

교활한 어미의 선동으로, 이렇게 무엄하게

공작을 비웃고 조롱하는 게 아니겠습니까?

글로스터 물론 그렇소. 아, 보통 아이가 아니오!

대담하고, 눈치 빠르고, 총명하고, 조숙하고, 유능한 놈이오.

머리 꼭대기에서 발끝까지 제 어미를 꼭 닮았소.

버킹엄 그들을 두고 염려하지 마세요.

이리 오게 켓츠비. 자네는

우리가 하는 말을 극비에 붙이는 동시에

우리 계획을 철저하게 실천하겠다고 맹세했지.

오는 도중 얘기했으니 우리 뜻은 잘 알고 있겠지.

그런데 어찌 생각하나? 쉬운 일은 아니겠지?

글로스터 공작을 유명한 이 섬나라

잉글랜드의 국왕 자리에 앉히기 위해

윌리엄 헤이스팅스 경을 설득하는 일이 말이네.

켓츠비 그분은 선왕과의 관계 때문에 태자를 사랑하고 있어서,

그분께 해가 되는 일에 쉽게 가담하지 않을 겁니다.

버킹엄 그럼, 스탠리는 어찌 생각하나? 가담할 것 같나?

켓츠비 모든 일을 두고 헤이스팅스와 같이 행동할 겁니다.

버킹엄 자, 그럼 이렇게 하지. 켓츠비,

헤이스팅스 경을 찾아가서 넌지시 의향을 떠보게.

우리 계획을 어찌 생각하는지를 떠보란 말이네.

그리고 내일 런던탑에서 대관식에 관한

회의가 열리니, 거기 꼭 참석하라고 전하게.

만약 우리에게 넘어올 것 같거든 파고 들어가

그를 부추기고 우리들 계획과 이유를 털어놓게.

만약 그가 납덩이처럼 반응이 없고

얼음처럼 냉담하고 내켜하지 않거든,

자네도 그런 태도를 취하고 얘기를 중단하게.

그리고 우리에게 그의 의향을 알려주게.

내일 회의는 두 패로 갈라지게 될 테니까.

자네도 그 자리에서 중요한 역할을 해야 할 거야.

글로스터 켓츠비, 윌리엄 경께 안부 좀 전해주게.

그리고 그를 위협하던 위험한 앙숙들이

내일 폼프렛 성에서 피를 흘리게 될 거라고 전하게.

또한 이런 희소식을 축하하는 뜻으로, 쇼어 부인[30]에게

다정한 키스를 한 번 더 해주라고 전하게.

버킹엄 켓츠비, 그럼 가서 이 일을 잘 처리하게.

켓츠비 두 분 공작님, 조심해서 잘 처리하겠습니다.

글로스터 켓츠비, 자기 전에 결과를 알려 줄 수 있겠나?

켓츠비 그러지요, 공작님.

글로스터 크로스비 저택으로 오게.

그곳에서 우리를 볼 수 있을 거야.

켓츠비 퇴장

버킹엄 그런데 공작, 만약 헤이스팅스 경이

우리 모의에 동조하지 않으면 어찌할 생각이오?

글로스터 머리를 베야지. 뭔가 결말을 내야하니까.

내가 국왕이 되면 요구하시오.

허퍼드 백작령과 선왕이신

내 형이 소유했던 동산 모두를 말입니다.

버킹엄 후일 전하께서 지금 약속하신 것을 요구하겠습니다.

글로스터 기대하시오. 진심으로 약속한 모든 걸 드릴 테니.

자, 어서 저녁 식사를 합시다. 그러고 나서

계획을 점검하고 구체화시키도록 합시다.

퇴장

2장

런던, 헤이스팅스 경의 저택 앞

사자, 등장

사자 (노크) 나리! 나리!

헤이스팅스 (안에서) 노크하는 자가 누구냐?

사자 스탠리 경에게서 온 사자입니다.

헤이스팅스 (안에서) 지금 몇 시냐?

사자 막 네 시를 쳤습니다.

헤이스팅스, 등장

헤이스팅스 이 긴 밤에 스탠리 경께서 잠들지 못하시는가 보군?

사자 제게 전하라고 명하신 것으로 보아 그러신 것 같습니다.

우선 나리께 안부를 전하라고 하셨습니다.

헤이스팅스 그러고는?

사자 그러고는 이 말씀을 꼭 전하라고 하셨습니다.

간밤에 멧돼지³¹에게 투구를 물어뜯기는 꿈을 꾸셨다고….

게다가 회의가 두 곳에서 따로따로 열리는 모양인데

한쪽에서 결의되는 것이 다른 쪽에 참석한 자신과

나리를 파멸로 몰아넣을지도 모른다고 하셨습니다.

그래서 나리의 의향을 알아보려고 절 보내신 겁니다.

영혼의 직감 상 위험이 닥쳐온 것 같으니

지금 당장 말을 타고, 함께 전속력으로 북쪽으로

말을 몰아 달려가, 위험을 피하자고 하셨습니다.

헤이스팅스 알았다. 가 보거라. 네 주인께 돌아가서

회의가 따로따로 열려도 두려워할 필요가 없다고 전해라.

네 주인과 나는 같은 편으로 회의에 참석할 것이고

다른 쪽 회의에는 선량한 내 동지 켓츠비가 참석할 거다.

그러니 그 회의에서 내가 내막을 모르는

우리 신상에 관련된 어떤 일도 논의될 수 없을 거다.

네 주인의 우려는 허무맹랑한 기우라고 전해라.

그리고 꿈 말인데, 네 주인께서

불편한 잠자리에서 꾼 조롱거리를 믿으시다니

참으로 우스운 노릇이구나.

멧돼지가 쫓아오기도 전에 피해 달아나면,

괜히 그 멧돼지를 자극시켜서, 그럴 생각도

없는 놈을 쫓아오게 만드는 셈이 아니겠느냐.

가서 네 주인께 전해라. 일어나 우리 집에 오시라고.

그럼 함께 런던탑으로 갈 것이고, 거기서

멧돼지란 놈이 우릴 친절히 대하는 걸 보게 될 거라고….

사자 예, 돌아가서 주인나리께 그리 전하겠습니다. (퇴장)

켓츠비, 등장

켓츠비 밤새 안녕하십니까?

헤이스팅스 안녕하신가, 켓츠비. 일찍 일어났군.

뭔 소식이라도 있나? 풍전등화 같은 이 나라에 대해 말이네.

켓츠비 정말 어지러운 세상입니다.

이대로 가다가는 이 나라가 바로 서지 못할 것 같습니다.

글로스터 공작께서 이 나라의 화관을 쓰게 되신다면 몰라도….

헤이스팅스 뭐라고! 화관을 쓴다고? 왕관을 말하는 건가?

켓츠비 예, 그렇습니다, 대감.

헤이스팅스 왕관이 엉뚱하게 그 더러운 곳에 씌워지는

꼴을 보느니, 차라리 이 어깨에서 머리가 잘리는 게 낫겠다.

하지만 자네가 보기에 그가 그런 야심을 품고 있는 것 같나?

켓츠비 예, 물론입니다. 뿐만 아니라 후일을 위해

대감께서도 그분 편에 가담해주기를 바라고 계십니다.

그리고 이 희소식을 전해 드리라고 하셨습니다.

바로 오늘, 대감의 앙숙인 왕비의 친척들이

폼프렛에서 처형되기로 되어 있다는 소식 말입니다.

헤이스팅스 내가 그 소식을 듣고 슬퍼할 사람은 아니네.

그들은 늘 나의 원수였으니까. 하지만

내가 주군의 적자가 왕위를 계승하는 걸

가로막기 위해, 글로스터 공작 편을 들 수는 없지.

맹세코, 죽는 한이 있어도 그리 할 순 없어.

켓츠비 신이시여, 자비로운 대감을 지켜주소서!

헤이스팅스 하지만 그 소식으로

앞으로 열두 달은 웃고 지내게 되었네.

내가 폐하의 노여움을 사도록 충동질한 자들의 비극을

내가 살아서 이 눈으로 보게 되었으니 말이네.

그래 켓츠비, 두 주일이 채 지나기도 전에

당사자가 생각치도 못하는 사이에 몇 놈 더 처치할 거야.

켓츠비 대감, 죽을 준비도 안됐고,

예상치도 못할 때 죽는다는 건 비참한 일입니다.

헤이스팅스 아, 물론 끔찍한 일이지! 그런데

리버스나 본이나 그레이 같은 자들이 그런 꼴이 될 거야.

그런 꼴이 될 이가 몇 명 더 있을지도 모르겠고….

자네나 나처럼, 글로스터 공이나 버킹엄 공과 친해서

자신을 안전하다고 생각하는 사람들 중에 말이네.

켓츠비 두 분 공작께서는 대감을 높이 평가하고 계십니다.

(방백) 그 머리를 런던교에 걸어놓기 위해서겠지….

헤이스팅스 물론 잘 알고 있네. 또한 당연한 일이기도 하고.

스탠리, 등장

어서 오시오. 그런데 멧돼지를 잡을 창은 어디 있소?

멧돼지가 무섭다면서 맨손으로 가시겠다는 거요?

스탠리 안녕하시오, 대감. 켓츠비, 자네도 별일 없는가?

농담하셔도 좋습니다. 하지만 정말이지,

회의가 따로따로 열리는 게 도무지 마음에 들지 않아요.

헤이스팅스 나도 경처럼 목숨을 소중하게 생각하오.

그리고 단언하지만, 내 생전에 지금처럼
목숨이 소중하다고 생각해 본 적은 없소.
하지만 생각해보시오. 지금 우리들 처지가
안전한지 아닌지를 모르는데,
내가 어찌 자신만만할 수 있겠소?

스탠리 폼프렛 성에 투옥된 귀족들도
런던을 떠날 땐 유쾌했고,
자신의 처지가 안전하다고 생각했지요.
사실 안전하지 않다고 믿을만한 근거도 없었어요.
하지만 보시다시피 삽시간에 구름이 덮쳐 어두워졌어요.
제가 우려하는 건 갑작스레 덮치는 증오의 칼날입니다.
하느님, 제발 이것이 겁쟁이의 괜한 우려로 끝나게 하소서!
이제 런던탑으로 가는 게 어떨까요? 상당한 시간이 흘렀어요.

헤이스팅스 자, 그럼 같이 갑시다. 아닙니까, 대감?
좀 전에 말씀하신 귀족들의 목이 오늘 달아난다는 걸….

스탠리 그들을 고발한 사람들 중 몇몇에게 관직을
주는 것보다는, 사실은 충성스런 그분들을 살려두는 게
더 나을 거요. 그건 그렇고, 대감 이제 갑시다.

문장원 종자(從者), 등장

헤이스팅스 먼저 가시오. 난 저 사람과 얘기를 좀 해야겠소.

(스탠리와 켓츠비, 퇴장)

여보게, 어떻게 지내고 있나?

종자　나리 덕분에 잘 지내고 있습니다.

헤이스팅스　자네에게 말하지만, 사실 나도 형편이 좋아졌네.

　　　　종전에 이 자리에서 자네를 만났을 때보다는 말일세.

　　　　그 당시에는 왕비 일족의 모함으로 인해

　　　　난 죄수의 몸으로 런던탑으로 끌려가고 있었으니까.

　　　　그런데 말해 줄 테니―자네만 알고 있게―

　　　　지금 곧 그 원수들이 처형된다네.

　　　　그래서 어느 때보다도 지금 내 처지가 좋아졌네.

종자　부디 그 행운을 흡족하게 누리시길 기원합니다!

헤이스팅스　고맙네. 자 이건 술값이니 받아두게.

　　　　(돈지갑을 던져준다.)

종자　감사합니다. (퇴장)

사제, 등장

사제　대감, 마침 잘 만났습니다. 뵙게 되어 반갑습니다.

헤이스팅스　고맙소, 존 사제. 진심으로 하는 말이오.

　　　　그런데 전번 예배에 대해 아직 보답하지 못했어요.

　　　　다음 안식일에 와주시면 꼭 답례하겠습니다.

버킹엄, 등장

버킹엄　아니, 사제와 얘기하시는 중이셨소, 시종장 대감?

　　　　폼프렛에 갇힌 친구들이야 사제가 필요할 테지만

　　　　대감께서 사제에게 고해성사를 할 필요는 없으실 텐데….

헤이스팅스 그렇습니다. 하지만 성스런 사제를 만나니

공께서 지금 말씀하신 귀족들이 문득 생각났습니다.

그런데 공께선 지금 런던탑으로 가시는 길입니까?

버킹엄 그렇소. 하지만 그리 오래 머물지는 않을 것이오.

헤이스팅스 경보다 먼저 돌아올 것 같소.

헤이스팅스 아마 그럴 것 같군요.

거기서 점심을 먹어야 하니까요.

버킹엄 (방백) 저녁도 먹게 해주지.

아직 그걸 모르고 있지만. 자, 가보실까요?

헤이스팅스 자, 그럼 함께 가시지요.

모두 퇴장

3장

폼프렛, 성 앞

리버스, 그레이, 본을 형장으로 끌고 가는
랫클리프, 미늘창을 들고 등장

리버스 리처드 랫클리프, 이것만은 말해 두지.

자네는 오늘 신하 한 사람이 신의와 의무,

그리고 충절을 다한 죄로 죽는 것을 보게 될 거야.

그레이 신이시여, 악당들 무리로부터 태자를 보호하소서!

네놈들 패거리는 저주받을 흡혈귀들이다.

본 오늘 이후 평생 동안 네놈은 후회하며 살 것이다.

랫클리프 자, 서둘러 가요. 당신들 수명은 다 됐으니까.

리버스 아, 폼프렛, 폼프렛 성!

아, 피비린내 나는 감옥! 왕후 귀족들에게

치명적이고 불길한 운명의 장소!

죄 많은 그 성벽 안에서

리처드 2세께서 무참하게 돌아가셨지.

그런데 불길한 이 자리의 악명을 더 높이고 싶어서

우리의 무고한 피를 마시려고 하느냐?

그레이 마가렛의 저주가 지금 우리 머리위에 떨어졌구나.

글로스터가 자기 아들을 찔러 죽일 때 서있기만 했다고,

헤이스팅스 경과 리버스 경과 날 저주하더니만….

리버스 뿐만 아니라 그녀는 글로스터와 버킹엄을 저주했고,

헤이스팅스도 저주했다. 아! 신이시여, 잊지 마소서!

저희들에게 내린 저주를 들어주셨듯이,

그들에게 내린 마가렛의 저주도 들어주소서!

하느님, 당신도 아시다시피,

죄 없이 흘린 충성스런 저희들 피의 대가로,

제 누님과 왕자들만은 용서해주소서!

랫클리프 서두르시오. 이미 처형 시간이 지났으니까.

리버스 자, 그레이 그리고 본,

우리 서로 안아 보고 작별하자.

그리고 천당에서 다시 만날 때까지 잘 있어라.

모두 **퇴장**

4장

런던, 런던탑

버킹엄, 스탠리, 헤이스팅스, 일리의 주교, 랫클리프,
러벨, 기타, 탁자 주위에 앉아 있다.
추밀원 관리들이 배석하고 있다.

헤이스팅스 여러분, 우리가 이렇게 모인 것은

대관식 절차를 정하기 위해서입니다.

신의 이름을 걸고 말씀해주십시오.

대관식 날로 언제가 좋겠습니까?

버킹엄 대관식을 거행할 모든 준비는 다 되었소?

스탠리 예. 택일하는 것만 남았습니다.

일리의 주교 내일이 좋은 날 같습니다.

버킹엄 섭정의 의중을 아시는 분 없소?

누가 글로스터 공작과 가장 친한 분이오?

일리의 주교 버킹엄 공작께서 가장 잘 아실 것 같습니다.

버킹엄 피차 서로의 얼굴은 잘 알고 있소.

하지만 글로스터 공도 나도 서로의 마음은 모릅니다.

나와 여러분이 서로의 마음을 알 수 없듯이 말입니다.

헤이스팅스 경, 당신이 그분과 가장 친한 분 같은데요.

헤이스팅스 제게 호의를 갖고 있다는 건 알고 있습니다.

그래서 그 점을 감사하고 있습니다.

하지만 대관식에 관해서는 상의한 적도 없습니다.

그분 또한 대관식에 관해

아무런 의향도 밝히지 않으셨습니다.

하지만 여러분, 여러분이 택일하시면

글로스터 공의 가부 여부는 제가 대신 전하겠습니다.

아마 공작께서도 이를 받아들이실 겁니다.

글로스터, 등장

일리의 주교 때마침 공작께서 오셨습니다.

글로스터 여러분, 모두들 안녕하시오.

그만 늦잠을 잤소. 하지만 내가 참석했으면

결론이 날 중요한 안건들이,

내가 없다고 해서 소홀히 다뤄져,

미결 상태로 남아 있지는 않으리라고 생각합니다.

버킹엄 때마침 잘 오셨습니다, 각하.

하마터면 헤이스팅스 경이 대신 말씀하실 뻔했습니다.

대관식에 관한 섭정 글로스터 공의 의견을 말입니다.

글로스터 헤이스팅스 경보다 더 담대한 분은 없소.

경은 날 잘 알고 있을 뿐만 아니라 진심으로 사랑하고 있소.

그런데 일리 주교, 전에 홀번에 갔을 때,

주교 정원에 있던 근사한 딸기를 봤소.

부탁이오. 그걸 좀 보내주시오.

일리의 주교 물론입니다, 섭정 각하. 기꺼이 그러겠습니다. (퇴장)

글로스터 버킹엄 경, 할 말이 좀 있소.

(그를 곁으로 부른다.) 켓츠비가

우리 계획에 대한 헤이스팅스의 의중을 떠 본 모양이오.

그런데 저 고집쟁이가 매우 화가 나서

경건한 말투로 말했다고 하오. 주군의 적자가

왕위를 계승하지 못하게 하는 일에 동의하느니,

차라리 자신의 머리가 잘리는 게 낫다고….

버킹엄 잠시 저리 가시지요. 저도 함께 가겠습니다.

글로스터와 버킹엄, 퇴장

스탠리 우린 아직 대관식 날을 정하지 못했어요.

제 생각으론, 내일은 너무 다급한 것 같습니다.

제 자신도 제대로 준비가 되지 않아서요.

대관식 날짜를 연기하면 좋겠습니다.

일리의 주교, 다시 등장

일리의 주교 글로스터 공께선 어디 계십니까?

딸기를 가지러 사람을 보냈는데….

헤이스팅스 공작께서 오늘 아침, 기분이 좋아 보이십니다.

그렇게 유쾌하게 아침 인사를 하시는 걸 보아,

뭔가 무척 마음에 드는 일이 있으신 모양입니다.

제 생각엔, 온 기독교국을 다 찾아봐도,

좋고 싫은 감정을 그분만큼 당장 드러내는 분은

아마 없을 겁니다. 안색만 보면

누구나 그분 기분을 알 수 있으니까요.

스탠리 그럼 오늘 그분의 유쾌한 태도로 미루어 보아

그분 안색에서 어떤 심경을 알아 낼 수 있소?

헤이스팅스 그야, 여기 누구도 그분 기분을 거슬리지

않았다는 것이죠. 언짢다면 안색에 드러났을 테니까요.

글로스터와 버킹엄, 다시 등장

글로스터 여러분께 물어보겠소.

만약 저주스런 마술로 내 생명을 빼앗으려고

악랄한 음모를 꾸미고, 흉악한 주문으로

내 몸을 불구로 만든 놈이 있다면,

그놈이 어떤 벌을 받아야 마땅하겠소?

헤이스팅스 각하, 평소 각하께 품고 있는

제 극진한 사랑으로 인해, 여기 임석한

귀족 분들에 앞서 감히 제가 나서게 되었습니다.

그가 누구든 마땅히 사형에 처해야 합니다.

죽어 마땅하다는 말씀입니다, 각하.

글로스터 그럼 그 죄의 증거를

자신의 눈으로 똑똑히 보라. 자, 봐라.

난 이렇게 요술에 걸렸다. 자, 내 팔을 보라.

시든 묘목처럼 이렇게 말라비틀어졌다.

그리고 이것은 에드워드의 처인 그 흉악한 마녀가

저 매춘부 쇼어 년과 공모해서, 요상한 마법으로

내 몸에 이런 몹쓸 낙인을 남겨 놓았다.

헤이스팅스 만약 그들이 그런 짓을 했다면, 각하….

글로스터 '만약'이라고?

그 더러운 갈보를 옹호하는 거냐?

감히 '만약'이라고 내게 말했느냐?

놈은 반역자이니, 놈의 목을 쳐라![32]

성자 바울을 두고 맹세하지만,

놈의 수급(首級)을 보기 전엔 절대 식사하지 않을 것이다.

러벨과 랫클리프, 너희 둘이 이 일을 맡아 처리해라.

날 사랑하는 나머지 분들은 일어나 날 따라오시오.

헤이스팅스, 랫클리프, 러벨만 남고 모두 퇴장

헤이스팅스 난 어찌 되어도 좋지만,

잉글랜드의 운명이 애통하구나.

난 정말 바보야. 미리 막을 수도 있었는데….

멧돼지에게 투구를 빼앗겼다는 스탠리의 꿈을

난 조롱하기만하고 피신할 생각은 하지 않았지.

성장(盛裝)한 내 말은 오늘 세 번이나 비틀거렸고,

런던탑을 보고는 질겁했지. 마치

제 주인을 도살장으로 태우고 가는 게 싫은 듯이….

아! 아까 내게 말하던 사제가 이제

나에게 필요하게 됐구나. 아까 문장원 종자(從者)에게

신이 나서 이야기한 게 후회되는구나.

내 양숙들이 오늘 폼프렛 성에서

처참하게 처형당할 것이지만,

나 자신은 신의 은총과 총애로 안전하다고 자랑했지.

아! 마가렛, 마가렛! 당신의 그 지독한 저주가

이 가련한 헤이스팅스의 처참한 머리 위에 떨어지는구나!

랫클리프 자, 자, 서둘러요. 공작께서 지금

정찬 자리에 납시니, 참회를 짧게 하시오.

당신 수급을 보시길 고대하고 계시오.

헤이스팅스 아, 덧없는 인간의 일시적인 총애구나!

우리가 그걸 신의 은총보다 더 열심히 따라 다니다니!

다른 이의 안색에 희망을 거는 사람은

술이 취해 돛대 위에 앉아있는 선원과 같아.

돛대가 끄덕일 때마다 깊은 죽음의 바다 속으로

언제 나가떨어질지 모를 일이니까.

러벨 자, 자 서둘러요. 소리쳐 봐도 이젠 소용없소.

헤이스팅스 아, 잔인한 리처드! 비참한 잉글랜드!

내 예언하지만 이 잉글랜드 땅에

지금까지 보지 못했던 무서운 세월이 찾아오리라!

자, 날 단두대로 안내하라. 내 수급을 그에게 가져가라.

내 신세를 비웃는 자들도 곧 죽게 될 것이다.

모두 퇴장

5장

런던, 런던탑의 성벽 주위

헌 갑옷을 걸치고 꼴사나운 모양을 한
글로스터와 버킹엄, 등장

글로스터 자, 공작, 덜덜 떨며 안색을 바꾸고,

말하는 도중 잠시 숨을 멈추고,

다시 말을 이었다가 또 다시 말을 멈추고,

마치 두려움 때문에

미쳐 발작한 것처럼 행동할 수 있겠소?

버킹엄 원 참! 일류 비극 배우 흉내쯤은 문제없어요.

말하다가 뒤돌아보고, 사방을 살피다가

지푸라기 하나만 움직여도,

몹시 미심쩍은 척하면서 놀라 덜덜 떨고,

억지로 미소 짓는 것은 물론,

송장처럼 핼쑥한 표정도 마음대로 지을 수 있어요.

필요하면 언제라도 글로스터 공작께

제 솜씨를 보여 드리겠습니다.

그런데 켓츠비는 어디 갔습니까?

글로스터 그래요. 마침 그가 시장을 데리고 돌아오는군요.

시장과 켓츠비, 등장

버킹엄 시장—

글로스터 저기 저 도개교 쪽을 경계하시오!

버킹엄 아! 북 소리가 들립니다.

글로스터 켓츠비, 성벽 쪽을 경계하라.

버킹엄 시장, 시장을 여기 모신 이유는….

글로스터 뒤쪽을 경계하라. 방어하라! 적들이다!

버킹엄 신이시여, 무고한 저희들을 보호하소서!

러벨과 랫클리프, 헤이스팅스의 수급을 들고 등장

글로스터 안심하시오. 우리 편인 랫클리프와 러벨이오.

러벨 천한 그 역적의 수급이 여기 있습니다.

믿었지만 위험한 헤이스팅스의 수급입니다.

글로스터 그를 매우 사랑했다.

눈물을 흘리지 않을 수가 없구나.

예수 믿는 나라에 사는 사람치고,

그처럼 솔직하고 순진한 사람은 없다고 생각했다.

헤이스팅스를 일기장 삼고, 그곳에

내 영혼의 모든 비밀을 샅샅이 기록했다.

그럴싸하게 보이는 미덕으로

마음속의 악덕을 교묘하게 감추고 있어서,

명백한 죄조차도 사람들 눈에 띠지 않았지.

쇼어 부인과의 간통 말고는

그 어떤 죄의 의혹도 받지 않았던 사람이었소.

버킹엄 그래요, 그래. 그는 누구보다도

교묘하게 자신의 죄를 숨겨온 역적입니다.

누가 상상이나 했겠어요? 아니 누가 믿겠어요?

신의 가호로 우리가 살아남지 못했다면

이렇게 말할 수 없을 겁니다.

그 교활한 역적이 오늘 회의석상에서

나와 글로스터 각하를 살해할 음모를 꾸몄다고….

시장 그가 어찌 그런 음모를?

글로스터 아니, 시장은 우릴

터키 인이나 이교도로 생각하시오?

아니면 우리가 법적 절차를 무시하고

그 악당의 처형을 경솔하게 처리한 줄 아시오?

그 악당을 처형한 것은

극단적인 위험에 처한 잉글랜드의 평화와

우리들 안전을 위한 부득이한 조치였소.

시장 천만다행입니다. 그는 죽어 마땅합니다.

두 분 공작님의 결단은

이후 같은 일을 도모하려는 부당한 역적들에게

좋은 경고가 될 겁니다.

그가 쇼어 부인과 관계를 맺은 후로는

그에게 더 이상 기대는 하지 않았어요.

버킹엄 사실은 시장께서 그의 마지막을 보러 올 때까지

헤이스팅스의 처형을 결정할 생각이 없었소.

그런데 저 친구들이 우리를 위한답시고,

우리 뜻을 넘겨 짚어, 너무 급하게 일을 처리했소.

친애하는 시장, 우리는 그 역적이

모반의 목적과 경위를 벌벌 떨면서

자백하는 걸 시장이 듣기를 바랐소.

그래야 시장 또한 시민들에게

역모의 진상을 말해줄 수 있지 않겠소.

그래야 그들이 우리를 오해하여,

그의 죽음을 슬퍼하는 일도 없을 것이고….

시장 아닙니다, 공작님. 당신의 말씀만으로도

제가 직접 보고 들은 것이나 다름없습니다.

두 분 공작님, 절 믿어 주십시오.

이 사건에 관해 두 분께서 내린 정당한 조처를

제가 반드시 충성스런 시민들에게 알리겠습니다.

글로스터 그래서 시장을 여기 오게 한 거요.

흠잡기 좋아하는 세상의 비난을 피해야 하니까.

버킹엄 늦게 오셔 우리 뜻대로 되진 않았지만,

방금 들었던 우리 뜻을 시민들 앞에서 증언해주시오.

그럼 시장, 잘 가시오. (시장 퇴장)

글로스터 어서, 어서 시장을 따라가시오, 버킹엄 공.

시장이 허겁지겁 서둘러 시청 회의실로 갔으니,

그를 쫓아가서 적당한 시간에 기회를 잡아,
에드워드의 자식들이 서출이라고 넌지시 흘리시오.
또한 에드워드가
무고한 시민을 사형에 처한 것도 폭로하시오.
그 시민이 자신의 아들에게 '크라운'을
상속하겠다는 것뿐이었는데 말이오. 그런데 그건
'크라운'이란 이름이 붙여진 가게를 준다는 말이었소.
뿐만 아니라 가증스런 음욕과
상대를 자주 바꿔 색다른 맛을 보려는
그의 야수 같은 호색행각도 폭로하시오.
하녀건, 숫처녀건, 유부녀를 가리지 않고
음욕의 대상으로 삼아 닥치는 대로 손을 뻗쳤소.
음욕에 눈이 뒤집히거나 야수 같은 마음이 되어서 말이오.
필요하면 내 신상의 비밀을 폭로해도 좋소.
내 어머니가 음탕한 형 에드워드를 배었을 때,
내 아버님이신 요크 공께서는
프랑스의 전쟁터에 가 계셨다는 걸 폭로하시오.
날짜를 정확히 계산해보면 당장 알 수 있는데,
형 에드워드는 내 아버지의 씨가 아니오.
씨인지 아닌지는 얼굴 생김새에 잘 드러나는데,
형은 내 아버지의 고상한 모습과는 딴판이었소.
하지만 완곡하게 이를
먼 곳의 일인 것처럼 변죽만 울리시오.

아시다시피 내 어머니는 아직 살아 계시지 않소.

버킹엄 걱정 마십시오, 전하. 제가 변사 역을 하겠습니다.

제 자신이 그 왕관을 노리기라도 하는 것처럼.

그럼, 전하, 안녕히 계십시오.

글로스터 일이 잘되거든,

사람들을 베이나드 성으로 데려오시오.

내가 그곳에서 기다리겠소.

덕망 있는 신부들과 박식한 주교들을 대동하고….

버킹엄 그럼, 가보겠습니다. 세 시나 네 시쯤

시의회의 소식을 들을 것으로 기대하셔도 좋습니다. (퇴장)

글로스터 러벨, 속히 쇼 박사에게 가거라.

(켓츠비에게) 자넨 탁발수사 펜커에게 가보고….

그들에게 전해라. 내가 베이나드 성에서 속히 만나자고 한다고.

(러벨, 켓츠비 퇴장)

이제 난 안에 가서 비밀 계획을 짜야겠군.

클래런스의 새끼들을 처치할 궁리를 해야겠군.

그리고 앞으로는 어느 누구도 어느 때이든

두 왕자에게 접근하지 못하도록 명을 내려야지.

퇴장

6장

런던, 거리

서기, 등장

서기 이게 바로 헤이스팅스에 대한 기소장입니다.

좋은 글씨체로 멋지게 쓰여 있어요.

오늘 세인트폴 법정에서 이걸 낭독할 모양이군.

내용은 그런대로 조리가 있다는 걸 유념하세요.

이걸 옮겨 쓰는데 열한 시간이나 걸렸답니다.

켓츠비가 이걸 가져 온 게 어젯밤이었으니까요.

원고를 작성하는데도 그만큼 시간이 걸렸겠죠.

하지만 다섯 시간 전까지도, 헤이스팅스 경은 살아 계셨고,

의심도 심문도 받지 않고, 자유롭게 활보하셨는데….

요즘 참, 세상 잘 돌아가는구나!

이런 뻔한 수작을 모르는 바보가 어디 있겠소?

하지만 누가 감히 배짱 좋게 "그걸 안다"고 말할 수 있겠소?

말세로다, 말세! 그런 사악한 일들을 보고도

말 한마디 하는 사람이 없으니 망조가 들었어.

퇴장

7장

런던, 베이나드 성의 안뜰

글로스터와 버킹엄, 각기 다른 문으로 등장하여 만남

글로스터 지금 어찌 되었소. 시민들은 뭐라고 하오?

버킹엄 성모님을 두고 맹세합니다. 시민들은 지금

입을 다물고 한마디도 하지 않으려고 합니다.

글로스터 에드워드 왕의 자식들이 서출이라고 했소?

버킹엄 물론입니다. 루시 부인과의 약혼과

대리인을 보내 프랑스에서 맺은

약혼에 대해서도 얘기했습니다. 만족을 모르는

음란한 욕정으로 인해 이 도시의 유부녀들을 겁탈한 것과,

사소한 잘못도 엄하게 벌한 폭정 등을 모두 열거했지요.

그리고 왕이 공작부인이 밴 사생아라는 것도요.

부친 요크 공이 프랑스에 출정했을 때 밴 아이라고 하면서….

용모 또한 부친과 전혀 닮지 않았다는 것도 얘기했습니다.[33]

글로스터 공의 용모에 대해서도 말했지요.

공의 외모는 물론 고상한 심성까지

공의 부친 요크 공을 꼭 닮았다고 했어요.

스코틀랜드에서 전하께서 거둔 승리들을 열거했고

전시에 쌓은 경험과 평화 시의 지혜,

그리고 관대하고 덕스럽고 겸손한 품성 등등

이번 일에 도움이 될 만한 것들은

하나도 빼지 않고 다 언급했습니다.

그러고는 제 이야기 말미에,

조국의 번영을 바라는 사람은

"잉글랜드 왕, 리처드 만세!"라고 외치라고 했지요.

글로스터 그래, 그들이 만세를 부르던가요?

버킹엄 아닙니다. 웬일인지, 아무도 외치지 않았어요.

벙어리 동상이나 숨 쉬는 돌덩이처럼

서로를 쳐다보며 죽은 사람처럼

창백한 표정을 지을 뿐이었어요.

그것을 본 저는 놈들을 꾸짖고, 시장에게

이 완강한 침묵이 뭘 의미하느냐고 물었습니다.

그러자 시장의 답인즉슨, 시민들은 평소

기록관의 입을 통해 듣는 게 관례라는 것이었습니다.

그래서 기록관에게 얘기를 다시 들려주라고 했더니

그는 "공작님 말씀은 이러하고,

그분 견해는 이러하다."고 할뿐

자신의 견해는 한 마디도 보태지 않았습니다.

그가 말을 끝내자

홀의 구석에 있던 우리 편 사람들이

모자를 일제히 공중으로 내던졌어요.

그 중 십여 명은 "리처드 왕 만세!"라고 소리쳤지요.

소수가 외쳤지만 저는 이 기회를 놓치지 않고 말했어요.

"친애하는 시민 여러분, 감사합니다.

이처럼 일제히 박수치고 환호하는 것은

여러분의 지혜와 리처드 전하에 대한

호의를 나타내는 것이오"라고….

그러고는 말을 맺고 철수했습니다.

글로스터 혓바닥 없는 나무토막 같은 것들!

아무 말도 하지 않았다고? 그럼,

시장과 그의 동료들이 오지 않겠다고 합디까?

버킹엄 시장은 가까이 와 있습니다.

전하께선 뭔 걱정이 있는 척 하십시오.

그리고 간곡하게 청하기 전에는

절대 말문을 열지 마십시오.

손에 기도서를 드는 걸 잊지 마시고,

두 성직자 사이에 서 계십시오, 전하. 그럼

그것을 근거로 제가 성가를 지어 바치겠습니다.

요구에 절대 쉽게 응하지 마십시오.

처녀의 역을 맡으셨으니,

계속 아니라고 하면서 슬쩍 받아들이셔야 합니다.

글로스터 알았소. 공께서 그들을 대신하여 간청하면,

내가 아니라고 거절하란 말이군요.

그럼 분명 좋은 결과가 있을 것 같군.

버킹엄 어서 위층으로 가시죠! 시장이 문을 두드립니다.

(글로스터, 퇴장)

시장과 시의원들, 시민들 등장

버킹엄 어서 오시오, 시장.

아까부터 여기 기다리고 있었소. 글로스터 공께서

누구와도 말씀을 나누지 않으실 모양이오.

켓츠비, 성안에서 등장

켓츠비! 공작께서 내 청을 두고 뭐라고 하시던가?

켓츠비 공께서 내일이나 모레쯤

다시 들려주실 것을 요청하셨습니다.

그분께서는 지금 안에서 덕망 높은

두 분 신부님과 경건한 예배를 보고

계십니다. 세속의 일에 대한 청 때문에,

신성한 예배를 그만두지 않으실 것 같습니다.

버킹엄 켓츠비, 다시 공작님께 가보게.

그리고 나뿐 아니라 시장과 시의원들이

공공의 이익에 관련된 중요한 문제를 두고

중차대한 순간에, 공작님께 여쭐 말씀이 있어

여기 왔다고 전해주게.

켓츠비 곧장 가서 말씀대로 아뢰겠습니다. (퇴장)

버킹엄 아, 시장.

글로스터 전하는 에드워드 왕과는 달라요.
음탕한 침대에 늘어져 있는 게 아니라
무릎을 꿇고 늘 명상하고 계신단 말입니다.
갈보들을 희롱하면서 빈들거리는 게 아니라
덕망 높은 두 분 신부님과 명상하고 계신단 말이오.
나태한 육신을 살찌우기 위해 잠에 드신 게 아니라
영혼을 살찌우기 위해 늘 기도를 드리는 분이오.
이 덕스런 왕손께서 이 나라를 통치하게 되면
우리 잉글랜드 사람들은 행복하게 살 수 있을 겁니다.
하지만 그분을 설득하기 어려울 것 같소.

시장 저런! 사양하지 않으시면 좋겠는데….

버킹엄 좀 어려울 것 같소. 켓츠비가 돌아오는군.

켓츠비, 다시 등장

자, 켓츠비, 전하께서 뭐라고 하시던가?

켓츠비 그분은 의아하게 여기고 계십니다.
무슨 목적으로 이렇게 많은 시민들이
예고도 없이 전하께 몰려왔는지를 말입니다.
버킹엄 공께서 해가 될 일을 꾸밀까 봐 걱정하고 계십니다.

버킹엄 그분께 해가 될 일을 꾸밀까 봐
친족인 나를 의심하시다니, 유감이구나.
맹세하지만, 공에 대한 호의로 이렇게 찾아온 거야.
다시 가서 전하께 여쭈어라. (켓츠비 퇴장)

묵주 알을 굴리며 기도하는 성스럽고 경건한 분을
속세로 억지로 끌어내기가 정말 쉽지 않구나.
하지만 열심히 묵상하는 게 나쁜 일은 아니지.

글로스터, 주교 둘 사이에서
발코니에 등장. 켓츠비 다시 등장

시장 저기, 두 성직자 사이에 서 계신 글로스터 공을 보시오.

버킹엄 저 성직자들은 경건한 군주가 허영의 나락으로
떨어지는 걸 막아 줄 두 개의 훌륭한 버팀목이오.
그리고 보시오, 그분 손에 든 기도서를.
경건한 분임을 보증하는 진정한 증표가 아니겠소.
유명한 플랜태저넷 왕가의 혈손이신 인자하신 공작 각하,
제발 저희들 청에 귀를 기울여 주십시오.
올곧은 기독교인의 열정과 헌신을 가로막는
저희들의 불충을 제발 용서해주십시오.

글로스터 버킹엄 공, 사과할 것까지는 없소.
제가 공작의 용서를 빌어야 할 처지요.
예배드리는 일에 정신이 팔려
친구들을 맞이하는 걸 미뤘으니까.
그건 그렇고, 방문하신 용건은 뭐요?

버킹엄 바라옵건대, 이는 천상의 하느님뿐만 아니라,
주인 잃은 이 섬나라 선량한 백성들 모두의 뜻입니다.

글로스터 내가 시민들 눈 밖에 날 무슨

잘못을 범하지 않았는지, 그래서 이렇게 내 잘못과

무지를 질책하러 오신 게 아닌지 걱정입니다.

버킹엄 그렇습니다, 전하. 제발 청을 들어주시어

전하의 과오를 고치시길 바랍니다.

글로스터 아니면 내 어찌 이 기독교국에서 살 자격이 있겠소?

버킹엄 그럼 들어 보십시오.

공의 과오가 뭔지를…. 지엄한 옥좌를,

조상대대로 내려온 왕홀을 가진 자의 소임을,

그리고 운명적으로 주어진 지위와 타고난 권리를,

면면히 이어져 온 왕가의 영예를 다 저버리시고,

이를 잡목에 접목하도록 그냥 두시면 안 됩니다.

왕가의 혈통을 더럽히도록 그냥 두는 건 잘못입니다.

공께서 잠드신 것처럼 조용히 명상에 잠겨 있는 사이에,

─이 나라를 위하는 마음으로 여기 와서 깨워드립니다만─

이 귀한 섬나라는 그 수족이 꺾이고

그 얼굴은 굴욕의 상처로 인해 손상되고,

왕가의 줄기에는 천한 잡목이 접목되고,

지금 거의 모든 걸 삼키는 어둡고 깊은

망각의 심연 속으로 빠져 들어가고 있습니다.

이런 조국을 구하려고 마음을 모아 청합니다.

제발 전하께서 그 책무를 맡으시어,

국왕으로 이 나라를 다스려 주십시오.

섭정이니, 집사니, 대리자니, 또는

타인의 이득을 위한 천한 역은 그만 두시고,

부디 피에서 피로 면면히 이어져 온 생득의 권리와

공 자신의 것인 이 왕국을 맡아 주십시오. 이를 두고

당신을 흠모하고 경애하는 시민들과 상의했습니다.

그리고 그들의 열화와 같은 청에 못 이겨,

정당한 명분을 가지고, 전하의 마음을

움직여 보려고 이렇게 찾아 왔습니다.

글로스터 그냥 조용히 떠나야 할 것인지, 아니면

가혹하게 힐책해야 할 건지를 모르겠소.

무엇이 내 지위나 여러분 입장에

가장 적합한 처사일지 모르겠소.

답하지 않으면 야심에 혀를 묶여서,

왕권이란 황금 멍에를 그냥 짊어지고

대권을 받아들일 모양이라고 오해를 사게 될 거요.

어이없게도 여러분이 지금

나에게 집요하게 강요하는 왕관을 말이오.

반면 여러분을 질책하면서 요청을 거절하면,

내가 친구 여러분을 비난하는 꼴이 될 것이오.

나에 대한 충성스런 호의에서

여러분이 이런다는 걸 알고 있는 내가 말입니다.

그러니 먼저 입을 열어 여러분의 오해를 풀고,

우물쭈물 하다가는 방금 말했던 오해를 살 것 같아

지금 이렇게 분명하게 대답하겠소.

여러분 호의는 감사하오. 하지만 부덕한 나로선
여러분의 청을 받아들일 수가 없소.
첫째, 모든 장애물이 제거되고
즐겨 마땅한 태생적인 혈통의 권리로 인해
왕관으로의 길이 평탄하다고 해도,
나는 너무나도 무기력한 사람이고
너무나 많은 결함을 가진 사람이기 때문이오.
또한 대양을 헤치고 나갈만한
큰 배가 되지는 못하는 사람이라서,
위대한 자리를 탐하다가
영광의 증기(蒸氣)에 질식당하는 것보다는
위대한 지존의 자리를 피하는 게 나을 것 같소.
하지만 감사하게도 내가 나설 필요는 없는 것 같소.
여러분이 필요하다고 해도,
난 별로 도움이 되지 않을 사람이오. 다행히
왕가라는 나무가 왕이라는 열매를 남겨 놓았으니,
어느덧 세월이 흘러 열매가 무르익으면
에드워드가 왕좌에 적합한 사람이 될 것이오.
그리고 틀림없이 그분의 통치 아래
태평성대를 누리게 될 것이오. 여러분이
내게 씌우려는 왕관을 그분께 바치겠소.
행운의 별이 점지해준 그분의 권리와 행운이니까요.
하느님께서도 왕관을 빼앗는 걸 허락하지 않을 거요.

버킹엄 전하, 그 말씀이 양심의 소리인지는 모르겠습니다.

하지만 여러 사정을 잘 참작해 보면,

그 말씀은 미묘하고 하찮은 주장 같아 보입니다.

태자 에드워드를 전하 형님의 아들이라고 하시고,

저희들 또한 그리 말합니다만, 그가 정실 소생은 아닙니다.

선왕께선 애초에 루시 부인과 약혼했던 분입니다.

그 약혼을 입증할 모후께서 아직 살아 계시지요.[34]

그 후에는 대리인을 파견하여

프랑스 왕의 처제인 보나와 약혼했습니다.

그러고는 양쪽과 다 파혼하고, 가련한 청원자요

여러 아들을 거느린 근심 많은 어머니,

심지어 한창 시절도 지나 늘그막에 접어든 여자요

아름다움은 시들어 수심만 가득한

바로 그 과부 엘리자베스에게 사로잡혔어요.

그녀가 왕의 음탕한 마음을 사로잡고 유혹하여

그분을 지존의 자리에서 타락의 나락으로 밀어 넣고,

가증스런 중혼죄를 범하게 만든 장본인이죠.

부정한 침대에서 그녀의 몸을 빌려 태어난 자가

바로 에드워드 왕자입니다.

우린 다만 예의상 왕자라고 칭할 뿐입니다.

그밖에 더 많은 것들을 열거할 수도 있습니다.

하지만 아직 살아계신 몇몇 분들과

관련되는 일이니 이만 입을 다물겠습니다.

글로스터 전하, 이제 수락해주십시오.

이렇게 당신 앞에 바치는 국왕의 대권을 말입니다.

백성들과 이 땅을 축복하는 일은 차치하고,

이 부패한 세상에서 고귀한 조상의 혈통을 구출하여

그 본래의 정통성을 회복하기 위해서라도

제발 저희들의 청을 수락해주십시오.

시장 전하, 모든 시민들의 간청이니 제발 수락하십시오,

버킹엄 전하, 제발 저희들의 호의를 거절하지 마십시오.

켓츠비 아! 정당한 청을 받아들여 그들을 기쁘게 하십시오.

글로스터 아! 그대들은 어찌 내게

그런 근심거리를 강요하시오?

국왕 자리나 국사가 나에겐 적합하지 않소.

제발 부탁이니, 오해하지 마시오.

난 여러분 청에 응할 수도 없고 그럴 생각도 없소.

버킹엄 선왕의 아들에 대한 각별한 애정 때문에

차마 폐위시키지 못하시어 거절하시는,

전하의 관대한 마음을 저희들이 어찌 모르겠습니까?

친척 분들께는 말할 것도 없고,

지위 고하를 막론하고 모든 이들을

평등하게 대하시는 전하의 부드럽고 친절하고

인자하신 태도와 인품을 잘 알고 있습니다.

하지만 전하께서 청을 받아들이시든 아니든,

저희들은 결코 전하 형님의 아들이 등극하도록

그냥 두고 보진 않겠습니다. 전하 가문의

불명예와 몰락을 초래하는 한이 있더라도

다른 적격자를 찾아 왕좌에 앉힐 것입니다.

이런 결의를 밝히고 저희들은 이만 물러가겠습니다.

자, 시민 여러분, 갑시다.

더 이상 애원하지 않겠습니다.

버킹엄과 시민들, 퇴장

켓츠비 전하, 다시 불러 그들의 청을 수락하십시오.

거절하시면 이 땅의 온 백성들은 슬픔에 잠길 겁니다.

글로스터 자네도 나에게

산더미처럼 큰 근심을 짊어지라고 하는가?

그래 모두를 다시 불러들이게. 목석이 아닌 이상 어찌

모든 이들의 친절과 청을 거부할 수 있겠는가? (켓츠비 퇴장)

양심과 영혼의 진실에 어긋나는 일이긴 하지만….

버킹엄과 시민들, 다시 등장

글로스터 버킹엄 공,

그리고 현명하고 신중하신 여러분,

제 등에 운명의 짐을 지우시니

싫든 좋든 상관없이, 제가 참고

운명의 그 무거운 짐을 짊어지겠소.

하지만 이와 같은 여러분의 강요에는

음험한 중상과 꼴사나운 비방이 따르기 마련이오.

그럴 경우 내게 억지로 책임을 지운 여러분들이

모든 불결한 얼룩과 오점을 씻어 주셔야 할 것이오.

하느님께서 아시고 여러분도 대략 아시겠지만,

내가 이리 된 것은 사실 내 뜻과는 거리가 먼 일이오.

시장 신의 축복을! 저희들도 잘 알고 있으니 꼭 그리 전하겠습니다.

글로스터 그래요. 반드시 진실만을 말해주시오.

버킹엄 그럼, 국왕께 어울릴 칭호로 폐하께 인사드립니다.

"잉글랜드의 훌륭한 국왕, 리처드 폐하 만세!"

일동 아멘!

버킹엄 그럼 내일 대관식을 치르는 게 어떻습니까?

글로스터 언제라도 좋으니, 공의 생각대로 하시오.

버킹엄 그럼 내일 폐하를 뵙겠습니다.

저희들 모두 기쁜 마음으로 이만 물러갑니다.

글로스터 (주교에게) 자 그럼, 다시 예배를 봅시다.

잘 가시오. 버킹엄 공. 그리고 여러분들도 잘 가시오.

모두 퇴장

4막

1장

런던, 런던탑 앞

한 쪽에서 엘리자베스 왕비, 요크 공작부인,
도셋 후작 등장. 다른 쪽에서
글로스터 공작부인 앤, 고 클래런스 공작의 딸인
마가렛 플랜태저넷 부인 등장

요크 공작부인 여기 오는 게 누구지?

글로스터 공작부인이 손에 끌고 오는 이가

내 손녀 마가렛 플랜태저넷 아닌가?

그녀는 분명 런던탑으로 가는 중일 거야.

순수한 마음으로 어린 왕자들을 맞으러 가는 걸 거야.

얘야, 잘 만났다.

앤 하느님께서 부디 두 분 마마님께

즐겁고 행복한 날을 내려주시길!

엘리자베스 동서[35]도 그리 되기를! 어디로 가는가?

앤 런던탑으로 갑니다. 두 분 마마께서도

왕자님들께 문안드리기 위해

거기로 가시는 것 같은데요.

엘리자베스 고마워요, 동서. 우리 모두 같이 가요.

브래켄베리, 등장

엘리자베스 때마침 런던탑 간수장이 오는군.

여봐요 간수장, 제발 좀 말해보시오.

태자와 어린 왕자 요크 공은 어떻게 지내고 있소?

브래켄베리 마마, 잘 지내십니다. 하지만 죄송합니다.

왕자님들을 만나게 해드릴 순 없습니다.

면회를 금하는 국왕의 엄명 때문입니다.

엘리자베스 국왕이라니! 누굴 말하는 거요?

브래켄베리 섭정 전하 말씀입니다.

엘리자베스 섭정을 왕이라고 부르다니!

그가 모자간의 정을 가로막는다는 말씀이오?

왕자들 어미인 날 누가 감히 가로막는단 말이오?

요크 공작부인 난 그들 아비의 어미다. 그들을 봐야겠다.

앤 난 그분들 숙모지만 어머니처럼 그분들을 사랑해요.

그러니 왕자님들을 만나게 해줘요. 문제가 생기면,

어떤 위험이 닥치더라도, 내가 대신 책임지겠소.

브래켄베리 마마, 아니 됩니다. 그리 할 순 없습니다.

맹세를 하고 맡은 일입니다. 제발 용서하십시오. (퇴장)

스탠리, 등장

스탠리 한 시간 후, 마님들을 다시 뵙겠습니다.

그리고 요크 공작부인께서

아름다운 두 분 왕비님의 시모로서

존경받을 위치에 서게 되신 것을 경하 드립니다.

(글로스터 공작부인 앤에게) 마마,

곧 웨스트민스터 사원으로 가셔야 합니다.

리처드 왕의 왕비로서 관을 쓰기 위해 말입니다.

엘리자베스 아! 가슴을 조이고 있는 이 끈을 끊어라.

간힌 이 심장이 자유롭게 고동칠 수 있도록….

아니면 사람 잡는 이 소식에 기절할 것 같구나!

앤 악의에 찬 소식이구나! 아, 불쾌한 소식이구나!

도셋 진정하십시오. 어머님, 왜 이러십니까?

엘리자베스 아, 도셋. 그리 말할 때가 아니다. 어서 피해라!

죽음과 파멸의 재앙이 네 발꿈치를 뒤쫓고 있다.

어미의 이름이 자식들에게 재앙을 가져오는구나.

죽음을 면하려면 어서 바다를 건너라.

지옥의 손길이 미치지 않는 그곳에서

리치먼드[36]와 함께 있어라.

자 어서, 이 도살장 같은 곳을 빠져나가라.

죽을 사람 수를 더하지 말고….

내가 어미도, 아내도, 공인된 잉글랜드의 왕비도

아닌 신분으로, 마가렛의 저주에 걸려 죽지 않도록….

스탠리 마마 정말 현명한 충고입니다.

(도셋에게) 지체하지 말고 어서 떠나게.

내 의붓아들인 리치먼드에게 서신을 보내

도중에 공을 마중 나오게 하겠네.

현명하지 못하게 늦장부리다가 잡히지 말고….

요크 공작부인 아, 온 사방에

재앙을 뿌리는 불행의 바람이여!

아! 죽음의 요람인 저주받을 자궁이여!

어찌하여 그 눈초리로 사람을 죽인다는

코커트리스[37]를 내 자궁에 잉태하여,

이 세상에 부화시켜 놓았는가!

스탠리 자, 마마, 가시지요. 속히 모시라는 분부였습니다.

앤 마음 내키지 않지만 가보지요.

아! 하느님, 이 이마에 쓸 황금의 면류관이

차라리 빨갛게 불에 달구어진 강철이 되어

저의 뇌수를 태워버리게 하소서!

이 몸에 성유(聖油) 대신 치명적인 독을 발라주시고,

"왕비님 만세!" 소리를 듣기도 전에 죽게 하소서!

엘리자베스 자, 가요, 가엾은 사람.

동서의 영광이 부럽지 않아요.

날 위로하기 위해 스스로를 저주하진 말아요.

앤 그러지 말라고요! 왜요? 지금 제 남편인 리처드는

제가 헨리 왕의 시신을 울며 따라가고 있을 때,

천사 같은 제 전 남편과 제가 울며 따라가던

성자 같은 헨리 왕 폐하께서 흘리신 피가

자신의 손에서 채 지워지지도 않았는데,

제 곁에 다가 왔었지요. 아! 그때 저는

리처드의 얼굴을 보고 이렇게 저주했어요.

"이렇게 젊은 나를 시든 과부로 만든
네놈에게 저주가 내려라! 그리고 결혼하게 되면
그 잠자리에 슬픔이 깃들고, 네 아내는,
―아내가 될 미친 여자가 있다면―
네놈이 살아 있어, 더 불행한 여자가 되게 하라!
내 남편을 죽여 처참한 신세로 만든 나보다 더…."
아, 그런데 보세요! 이 저주를 제가 두 번 다시
되풀이 할 겨를도 없이, 약한 여심(女心)을 가진 저는
그의 달콤한 감언이설에 사로잡혀 넘어가,
제 스스로가 저주를 퍼붓던 그의 밥이 되고 말았어요.
그래서 제 눈은 영원히 안식을 취하지 못하게 됐어요.
그와의 잠자리에서 단 한 시간도, 잠이라는
황금 같은 감로수(甘露水)를 즐겨보지 못했어요.
악몽으로 뒤척이는 그 때문에 늘 잠을 설쳤으니까요.
게다가 그는 제 아버지 워릭 백작 때문에 날 증오해요.
그러니 머지않아 반드시 절 없애버리고 말 거예요.

엘리자베스 가련한 사람, 잘 가요! 한탄을 하니 애석하네요.

앤 저 또한 형님 신세를 진심으로 슬퍼하고 있어요.

엘리자베스 잘 가요! 영광을 슬픔으로 맞이하다니!

앤 그럼 안녕히! 영광에 하직 인사를 하는 가련한 분!

요크 공작부인 (도셋에게) 리치먼드에게 가라.

행운이 널 인도하기를!

(앤에게) 리처드에게 가거라. 천사의 가호가 있기를!

(엘리자베스 왕비에게) 성소로 가거라.

열심히 기도하여 좋은 생각이 떠오르길!

나는 무덤으로 갈 것이다. 평화와 안식을 찾아!

팔십 평생 겪어 온 슬픔의 세월,

한 시간의 기쁨이 일주일간의 슬픔으로 깨지는 삶이었다.

엘리자베스 잠깐만! 저와 함께 저 탑을 한번 보시죠.

탑의 해묵은 돌들아, 악의에 의해 그 안에 갇히고만

어린 내 아이들을 제발 불쌍히 여겨 다오!

그렇게 작고 예쁜 아이들에게 너무 딱딱한 요람이구나!

약하고 어린 왕자들에겐 너무 거친 유모, 너무나 늙고

무뚝뚝한 놀이친구! 제발 내 아이들을 잘 보살펴주기를!

탑의 돌들이여, 나 이제 속절없는 슬픔으로 작별을 고하노라!

모두 **퇴장**

2장

런던, 궁전의 국무실

나팔 소리. 성장(盛裝)을 하고 왕관을 쓴 리처드, 등장.
버킹엄, 켓츠비, 시동, 기타 등장

리처드 왕 모두들 물러서라. 버킹엄 경!

버킹엄 예, 폐하!

리처드 왕 손을 이리 주시오. (옥좌에 오른다)
그대의 충언과 조력으로,
리처드가 이렇게 옥좌에 앉게 되었소.
그런데 이것이 단 하루 뿐의 영광이오?
아니면 길이 누리며 즐길 수 있는 영광이오?

버킹엄 언제까지나 그 영광을 누리소서!

리처드 왕 아! 버킹엄 경. 그럼 과인이 시금석 역할을 해서
경이 진짜 금인지 아닌지를 시험해 봐야겠소.
어린 에드워드 왕자가 아직 살아 있소.
과인의 뜻을 짐작할 것 같은데….

버킹엄 말씀하십시오, 폐하.

리처드 왕 아니 버킹엄, 과인은 왕이 되고 싶단 말이오.

버킹엄 아니, 벌써 왕이 되셨잖습니까, 고명하신 폐하?

리처드 왕 뭐? 과인이 왕이라고? 그럴 테지.

하지만 아직 에드워드가 살아 있소.

버킹엄 사실입니다, 고결하신 폐하.

리처드 왕 아! 가혹한 사실이지. 에드워드가 아직

살아 있다는 게 말이야! 그것도 '훌륭한 왕자'로….

버킹엄 경, 그대는 평소 그리 우둔하지 않았소.

분명히 말해 드릴까요?

그 사생아들을 살려 두고 싶지 않소.

당장 그들이 처치되기를 바라고 있소.

경 생각은 어떻소? 어서, 당장 간단히 말하시오.

버킹엄 만사를 폐하의 뜻대로 하십시오.

리처드 왕 쳇, 쳇! 얼음처럼 냉정한 사람이군.

충정이 얼어붙었어. 말해 보시오.

그들을 죽이는데 찬성하오?

버킹엄 폐하, 이 문제에 관한 답을 드리기 전에

잠시 숨 돌릴 여유를 주십시오.

결심이 서면 바로 답을 드리겠습니다. (퇴장)

켓츠비 (방백) 국왕께서 화가 내셨소.

입술을 깨물고 계시는 걸 봐요.

리처드 왕 (옥좌에서 내려온다.) 차라리 신경 둔한 바보나

철부지 아이들과 의논하는 게 낫겠군.

눈치나 보면서 속을 떠보려는 놈들은 소용없어.

야심만만하던 버킹엄이 이젠 몹시 신중해졌군.

얘야!

시동 예, 폐하!

리처드 왕 부정한 돈에 매수되어 비밀리에 사람을

감쪽같이 죽여줄 그런 사람을 혹시 알고 있느냐?

시동 오만한 성격에 맞지 않게 궁색하게 살면서

늘 불평불만을 늘어놓는 사람 하나를 알고 있어요.

돈이면 분명 변사 20명의 설득 못지않게 효과가 있을 겁니다.

리처드 왕 이름이 뭐냐?

시동 폐하, 그의 이름은 티렐입니다.

리처드 왕 그에 대해 조금은 알고 있다.

가서 그를 불러 오너라. (시동 퇴장)

속이 깊고 교활한 버킹엄을 더 이상

내 곁에 두고 의논 상대를 삼아서는 아니 되겠어.

오랫동안 지칠 줄 모르고 나에게 협조하더니,

이젠 그만 멈춰 서서 한숨을 돌리겠다고? 좋아, 그리 해봐.

스탠리, 등장

리처드 왕 웬일이오, 스탠리 경! 뭔 소식이라도 있소?

스탠리 폐하, 아룁니다. 제가 들기로는 도셋 후작이

리치먼드가 머물고 있는 곳으로 도망쳤다고 합니다.

리처드 왕 켓츠비, 이리 오너라. 앤 왕비가

매우 위독하다는 소문을 널리 퍼트려라.

난 앤을 감금하도록 명을 내려놓겠다.

그리고 천하고 궁색한 신사 한 명을 구해 오너라.

즉시 그를 클래런스의 딸과 결혼시켜야겠다.

클래런스의 아들놈은 바보이니 걱정할 것 없다.

왜 그리 멍청하게 서 있느냐! 다시 말하겠다.

왕비 앤이 병들어 거의 죽을 지경이라는 소문을 퍼트려라.

자, 서둘러라! 무엇보다도 시급한 일은 자라서

내 안전을 위협할만한 것들의 싹을

모조리 잘라내는 것이다. (켓츠비 퇴장)

그리고 나는 형 에드워드의 딸과 결혼해야겠다.

지금 같아선, 내 왕국이

깨지기 쉬운 유리 위에 서 있는 것 같으니까….

왕자들을 처치한 후 그들 누이[38]와 결혼해야지.

왕국은 얻었지만 그 장래가 불투명하니까….

하지만 이토록 깊이 피에 발을 디뎌 놓은 이상,

죄로서 죄를 뽑아 낼 수밖에 없지 않겠는가?

연민의 눈물 따위는 내 눈에는 없거든.

시동, 티렐과 함께 다시 등장

네 이름이 티렐이냐?

티렐 예, 제임스 티렐입니다. 폐하의 충직한 신하입니다.

리처드 왕 정말 그러냐?

티렐 예, 절 시험해 보십시오, 폐하.

리처드 왕 내 친구 한 명을 꼭 좀 죽여 줄 수 있겠느냐?

티렐 폐하께서 원하시면, 두 명의 적이라도 죽일 수 있습니다.

리처드 왕 그래, 말 잘했다. 사실은 두 명의 적이

내 휴식과 달콤한 잠을 방해하고 있다.

네가 처치해 주기를 바라는 자들이 바로 그들이다.

티렐, 런던탑에 있는 그 사생아들을 두고 말하는 것이다.

티렐 그들에게 접근할 수 있는 방책만 마련해 주시면

당장 그들을 처치하여 폐하의 근심을 덜어 드리겠습니다.

리처드 왕 그 말이 감미로운 음악 같구나.

티렐, 이리 와서 잘 들어라. 이 증표를 가져가거라.

일어서라. 그리고 귀를 좀 빌리자.

(소곤댄다.) 단지 그뿐이다. 끝내거든 알려다오.

그럼 내 너를 총애하고 출세시켜 주겠다..

티렐 당장 가서 처리하겠습니다. (퇴장)

버킹엄, 다시 등장

버킹엄 폐하, 폐하께서 좀 전에 말씀하시고

요구하셨던 일을 마음속 깊이 잘 생각해보았습니다.

리처드 왕 그 얘긴 그만 두시오.

도셋이 리치먼드에게 도망쳤소.

버킹엄 저도 그 소식을 들었습니다.

리처드 왕 스탠리 경, 리치먼드는

경의 부인 전 남편의 아들이오.[39] 그러니 잘 살피시오.

버킹엄 폐하, 폐하께서 명예와 신의를 걸고 약속하신

그 은상을 이제 하사해주십시오.

폐하께서 제게 주시기로 약속하신

허퍼드 백작령(領)과 기타 동산 등을 말입니다.

리처드 왕 스탠리 경, 부인을 경계하시오.

그녀가 리치먼드에게 서신을 보낼지도 모르니까.

그럼 경이 책임져야 할 거요.

버킹엄 정당한 제 청에 대한 폐하의 뜻은 어떠합니까?

리처드 왕 이제 생각이 났소. 헨리 6세가 리치먼드더러

장차 왕이 될 것이라고 예언했던 일이 말이오.

그가 아직 장난꾸러기 소년이었던 시절에….

왕이라고! 아마 그리 될지도….

버킹엄 폐하!

리처드 왕 나도 거기 있었는데,

왜 그 예언자 양반이 이렇게 말하지 못했을까?

이 리처드가 리치먼드를 죽일 거라고….

버킹엄 폐하, 약속하신 백작령을….

리처드 왕 리치먼드라고! 지난번 내가

엑서터에 들렀을 때, 시장이 경의를 표하는 마음으로

그 성을 보여주면서 '루즈먼트' 성이라고 불렀는데,

나는 그 이름을 듣고 깜짝 놀랐소.

아일랜드의 어떤 시인에게 언젠가 들은 얘긴데,

내가 '리치먼드'를 보고나면

오래 살지 못한다고 했기 때문이오.

버킹엄 폐하!

리처드 왕 아, 지금 몇 시요?

버킹엄 황공하오나, 폐하께서 전에 하셨던
약속을 기억해주시기를 청하옵니다.

리처드 왕 글쎄, 지금 몇 시요?

버킹엄 막 열 시를 쳤습니다.

리처드 왕 그럼 치도록 놔두시오.

버킹엄 왜 치도록 놔두라고 하시는지요?

리처드 왕 괘종시계 인형처럼
경의 청과 내 명상 사이를 비집고 들어와
계속 종을 치고 있으니 말이오.
오늘은 내가 무엇을 줄 기분이 아니오.

버킹엄 그럼 제 청에 대한 가부의 말씀이라도….

리처드 왕 귀찮구먼! 오늘은 그럴 기분이 아니라니까.

국왕과 시종들, 퇴장

버킹엄 이렇게 끝나는 건가?
크나큰 나의 충성에 대한 대가가 겨우
이런 모욕이란 말인가? 이런 모욕을 당하려고
내가 그를 왕으로 만들었단 말인가?
아! 헤이스팅스의 경우를 염두에 두고,
브렉노크로 피해야겠다.
언제 내 목이 달아날지도 모르니까.

퇴장

3장

런던, 궁전의 국무실

티렐, 등장

티렐 포악하고 피비린내 나는 짓도 끝났다.
이 땅에서 저질러졌던 처참한 학살 가운데
이 학살은 가장 큰 죄악이다.
다이턴과 포레스트, 이 두 놈을 매수하여
이 잔인한 살육을 감행하게 했지.
그들은 살인에는 이골이 난 개처럼 잔인한 악당들이야.
하지만 따뜻한 인정과 연민으로 가슴이 녹았는지
왕자들의 죽음에 관한 슬픈 얘기를 할 때
아이들처럼 엉엉 울더군. "아, 이렇게"라고
다이턴이 말했고, "순한 두 아기들이 자고 있었어.
이렇게, 이렇게"라고 했어. 그러자 포레스트는 말했지.
"아, 그래, 설화석고처럼 희고 순진한 팔로 서로를 안고 있었고,
한줄기에 달린 네 송이 붉은 장미 같은 그들 입술은
여름철의 아름다움을 뽐내는 것처럼 입 맞추고 있었어.
머리맡에는 기도 책 한 권이 놓여 있었어.
그래서 하마터면…." 포레스트는 다음과 같이 말을 계속했지.
"내 맘이 변할 뻔했지. 그런데 아! 이때 악마가…."

거기서 그 악마가 입을 다물더군.

그러자 다이턴이 그 말을 받아 얘기했지.

"대자연이 지금까지 창조한 피조물 가운데

가장 완벽하고 아름다운 최고의 걸작을

우리 둘이 목 졸라 죽여 버렸어."

이런 말을 하던 지점에서 그 두 놈은

양심의 가책과 회한에 질려, 말을 잇지 못했어.

그래서 난 그 놈들을 그냥 남겨 두고

이 소식을 이 잔인한 왕에게 전하러 온 거야.

마침 여기 오시는군.

리처드 왕, 등장

폐하, 만수무강하시기를!

리처드 왕　티렐, 수고했어. 좋은 소식이겠지?

티렐　분부하신 일을 다 한 것이

폐하께서 기뻐하실 일이라면 기뻐하셔도 좋습니다.

분부대로 실행했으니까요.

리처드 왕　그런데 그들이 죽는 걸 눈으로 확인했나?

티렐　확인했습니다, 폐하.

리처드 왕　티렐, 그럼 매장은?

티렐　런던탑의 신부가 매장했습니다. 하지만

어떤 장소에 어떻게 묻었는지는 알지 못합니다.

리처드 왕　알았다. 티렐, 저녁 식사 후에 곧장 다시 와서 그들이 당시 어떻게 죽었는지 그 과정을 이야기해다오.

그동안 내가 어떤 보상을 해주면 좋겠는지 생각해둬라.

네 소원을 들어줄 것이다. 그때까지 물러가 있어라.

티렐   그럼, 이만 물러가겠습니다. (퇴장)

리처드 왕   클래런스의 아들놈은 가둬 놓았고,

그의 딸년은 천한 놈과 결혼시켜 놓았지.

에드워드의 아들놈들은 죽여 천당에 보내 놓았고

내 아내인 왕비 앤은 이 세상에 하직 인사를 했다.

난 알아. 브리타니에 피신한 리치먼드가

형의 딸인 젊은 엘리자베스 공주를 눈독 드리고 있다는 걸….

그녀와의 혼인을 통해 감히 잉글랜드 왕관을 노리고 있지.

내가 먼저 그녀에게 가서, 즐겁게 구애를 하고 성공해야겠다.

켓츠비, 등장

켓츠비   폐하!

리처드 왕   좋은 소식이냐? 나쁜 소식이냐?

왜 그리 당황한 모습으로 오느냐?

켓츠비   나쁜 소식입니다, 폐하.

일리 주교 모튼이 리치먼드에게 도주했고,

버킹엄이 난폭한 웨일즈 인들의 지원을 받아

난을 일으켰습니다. 그 병력이 계속 증가하고 있다고 합니다.

리처드 왕   버킹엄과 급히 끌어 모은 오합지졸은 별 것 아니야.

하지만 일리 주교와 리치먼드의 결탁은 심상치 않군.

자, 겁낼 것 없다. 겁에 질려 궁상을 떨고 있으면
납처럼 발이 둔해질 뿐이라는 걸 잘 알고 있다.
지체하면 무기력해져
달팽이처럼 기어 다니면서 구걸하게 된다.
그러니 내 날개를 달고 전광석화처럼 행동하라!
제우스신의 전령 메르쿠리우스여, 국왕의 전령이 되어 다오!
가서 병력을 모아라. 방패가 나의 참모이다.
역도들이 이미 출정했으니 신속하게 행동해야 한다.

퇴장

4장

런던, 궁전 앞

마가렛 왕비, 등장

마가렛 자, 리처드의 영화(榮華)도 무르익어, 이제
죽음의 썩어빠진 아가리 속으로 빠져들기 시작하는군.
나는 이 근처에 몰래 숨어서
내 원수들이 망해가는 꼴을 지켜봐야겠다.
몰락의 끔찍한 서막(序幕)을 목격했으니까,
이제 프랑스로 건너가야겠다. 그 연극의 결말이
참혹하고 음산하고 비극적으로 끝나기를 바라면서….
가련한 마가렛이여, 이제 물러서라!
여기 오는 게 누구지?

엘리자베스 왕비와 요크 공작부인, 등장

엘리자베스 아! 가련한 나의 왕자들! 아! 귀여운 내 아이들!
겨우 싹이 움텄을 뿐, 채 피어보지도 못한 내 꽃송이들!
아직도 너희들의 가냘픈 영혼이 공중을 날아다니며
영겁의 저승에서 그 자리를 정하지 않았다면,
너희들의 가벼운 날개를 타고 내 주위를 날아다니면서,

너희들 어미가 애통해하는 소리에 귀를 기울여라.

마가렛 그녀 주위를 날아다니면서 말해주어라.

아침나절처럼 어린 나이에

밤처럼 시든 노년을 맞은 것도 다 인과응보라고….

요크 공작부인 너무나 많은 불행들이 내 목소리를 쉬게 하여

비애에 지친 내 혀는 영락없이 벙어리가 돼 버렸어.

플랜태저넷 왕가의 에드워드, 너는 왜 죽어버렸느냐?

마가렛 그 플랜태저넷으로

내 플랜태저넷 죽음의 대가를 치르고,

그 에드워드로 내 에드워드 죽음의 대가를 치르리라.[40]

엘리자베스 아! 신이시여, 어찌 그렇게

착하고 온순한 어린양들을 버리시고,

늑대의 뱃속을 그들로 채우시는지요?

그런 악행이 행해지는 동안

내내 잠만 자고 계셨단 말입니까?

마가렛 경건한 내 남편 헨리와

사랑스런 내 아들이 죽던 때도 그랬지.

요크 공작부인 살아있으되 죽은 생명,

뜨고도 보지 못하는 눈, 살아있으되

가련한 유령, 비애의 장면, 세상의 치욕,

산사람에게 빼앗긴 무덤,

지루한 세월의 요약이요 기록인 이 육신,

편치 않은 내 육신을

잉글랜드라는 정당한 땅위에서 쉬게 하라.

(주저앉는다.) 부당하게도 무고한

피를 마시도록 강요당한 그 잉글랜드 땅위에….

엘리자베스 아! 우울한 왕비 자리를 준 잉글랜드여,

차라리 나에게 무덤 자리를 다오!

거기 앉아 쉬는 대신, 내 뼈나 묻으려고 하니….

아! 나처럼 비탄에 잠길 원인을 가진 이가

이 세상에 또 어디 있을까? (요크 공작부인 옆에 앉는다.)

마가렛 오랜 슬픔이 더 존중돼야 한다면,

내 슬픔이야말로 선배 대접을 받아야하지 않겠는가?

슬픔도 사교할 수 있는 것이라면,

내 슬픔이 상석에 앉아 눈살을 찌푸리며

호령하게 해야 할 거요. (곁에 와서 앉는다.)

내 슬픔으로 당신들의 슬픔을 다시 가늠해보시오.

리처드에게 살해당하기 전에는

내게도 에드워드라는 아들이 있었소.

리처드에게 살해당하기 전에는

나에게 헨리라는 남편도 있었소.

리처드에게 살해당하기 전에는

당신에게도 에드워드라는 자식이 있었소.

그리고 리처드에게 살해당하기 전에는

어린 요크 공작 리처드 왕자라는 아들도 있었소.

요크 공작부인 내게도 요크 공작 리처드라는 남편이 있었는데,

당신이 죽여 버렸소. 러틀런드라는 아들도 있었는데,

당신이 도와 그를 죽여 버렸소.

마가렛 당신에게 클래런스라는 자식도 있었는데,

리처드에게 살해당했소.

그리고 우리 모두를 물어 죽이는 지옥의 사냥개가

개집 같은 당신 자궁에서 기어 나왔소.

눈보다 이가 먼저 생겨나 어린 양들을 물어뜯고

그 고결한 피를 핥는 그 개새끼를 풀어 놓은 것이,

신의 수공품을 파괴하는 역겨운 놈을 풀어 놓은 것이,

슬피 우는 영혼들의 핏발 선 눈 속에서 군림하는,

세상에서 그 전례를 찾아볼 수 없는

폭군을 풀어 놓아 우릴 무덤 속으로 끌고 가게 한 게

바로 당신의 그 자궁이요.

아! 정의롭고 공평한 처분을 내리신 신이시여!

참으로 감사하나이다. 피에 굶주린 이 잔인한 들개가

제 어미 뱃속에서 태어난 피붙이들을 잡아먹게 하시어,

그 어미도 다른 어미들의 비탄을 함께 느끼도록 하시니까요.

요크 공작부인 아! 헨리의 아내여!

내 슬픔을 두고 기뻐하지 마시오.

당신이 울면 나도 울었다는 걸 하느님은 알고 계시오.

마가렛 내 말들을 참고 들어요. 난 복수에 굶주렸어요.

이젠 그걸 보는 것도 넌더리가 나요.

내 아들 에드워드를 죽인 당신 아들 에드워드도 죽었어요.

또한 에드워드를 죽인 대가로 당신 손자 에드워드가 죽었소.

덤에 불과하지만 어린 요크 왕자도 죽었어요.

그 형제 둘을 합쳐도

내가 잃은 훌륭한 보물에는 미치지 못하지만….

내 에드워드를 찔러 죽인 당신 아들 클래런스도 죽었소.

뿐만 아니라, 이 참극을 그저 구경이나 하던 놈들,

간통을 일삼는 헤이스팅스, 그리고 리버스, 본,

그레이도 제 명에 죽지 못하고

느닷없이 컴컴한 무덤 속에서 질식당했소.

그런데 지옥의 흉악한 밀사 리처드는 아직 살아 있군.

놈이 인간의 영혼을 사들여

차례차례 지옥으로 보내는 거간꾼 역을 하고 있지만,

머지않아, 아무런 동정도 받지 못하고

비참하게 죽게 될 거요. 대지는 아가리를 벌리고,

지옥은 불타고, 악귀들은 포효하고, 성자들은 기도한다!

놈을 당장 데리고 가라고….

하느님, 놈과 맺은 생명의 계약을 파기하소서!

제가 그때까지 살아남아

"그 개새끼가 죽었다!"고 말할 수 있게 하소서!

엘리자베스 아! 언젠가 당신은 예언하셨어요.

술병처럼 생긴 그 독거미 같은 놈을,

곱사등을 한 그 더러운 두꺼비 놈을

함께 저주해 달라고 제가 애원할 때가 오리라고….

마가렛 그때 내가 당신을 내 신세처럼

행운의 허망한 외양만 남은 사람으로 부르고,

당신을 가련한 그림자요

허깨비 같은 왕비라고 한 것을 기억하시오?

또한 무서운 가장행렬의 달콤한 서막이라고,

나중에 내동이 치려고 높이 모셔 놓은 자라고,

예쁜 아기 둘을 가졌으되

그 때문에 조롱거리가 되는 어미라고,

입김과 거품만 남은 꿈속의 왕비라고,

사방에서 위험한 사격의 표적이 되는

화려한 깃발이라고 했던 것을 기억하시오?

무대의 빈자리를 채우는 어릿광대 왕비라고도 불렀소.

그런데 지금 당신 남편은 어디 있소?

당신 동기들은? 당신 두 아들은?

이제 무엇을 당신 낙으로 삼을 거요?

누가 당신 앞에 무릎을 꿇고 애원하며,

"왕비 만세!"라고 외치겠소? 당신에게

허리를 조아리고 아첨하던 신하들은 다 어디 갔소?

당신을 떼 지어 따라다니던 무리들은 다 어디 갔소?

이 모든 것을 곰곰이 생각해보면,

지금 당신 처지를 알게 될 거요. 행복했던 아내 대신

너무나 비참한 과부가 되었다는 걸,

즐거웠던 어미 대신 그 이름을 두고 통곡하는 자,

애원을 들어주는 왕비가 아니라 비굴하게 애원하게 된 자,

왕비가 아니라 근심이란 처참한 관을 쓴 자가 된 것 아니오?

당신을 경멸하던 이들을 이제,

당신이 경멸하는 처지가 되었소.

모두를 두려움에 떨게 했던 당신이 이제,

타인을 두려워하고, 모두에게 명을 내렸던 당신에게

이제 아무도 복종하지 않는 처지가 되었소.

이렇게 정의의 시계 바늘은 한 바퀴 빙 돌아

당신을 바로 그 세월의 먹이로 던져 주었소.

과거의 추억을 떠올리면 떠올릴수록

현재의 당신 팔자가 더욱 더 괴롭게 되었소.

당신이 내 자리를 찬탈했으니

내 비통한 심정도 그만큼 뺏어가야 하지 않겠소?

이제 당신의 오만한 목이

내 멍에의 반을 짊어지게 되었으니,

나도 이제 지쳤던 머리를 홀가분하게 쳐들고,

그 멍에의 온갖 무거운 짐을 당신에게 넘겨주겠소.

요크 가문 왕의 아내요 비운의 왕비인 그대,

잘 있으시오. 나는 프랑스로 건너가서 웃으면서

이 잉글랜드 땅의 비애를 바라 볼 것이오.

엘리자베스 아! 저주의 명수인 그대여,

잠시 기다리시오. 내 원수들을

어떻게 저주하는 게 좋을지 좀 가르쳐 주시오.

마가렛 밤에는 자지 말고 낮에는 먹지 말고,

지금 현재의 불행과 과거의 행복을 비교해 보시오.

그리고 당신 아이들을 실제보다 더 귀엽게 생각하고,

그들을 죽인 자들을 실제보다 더 흉악한 자로 생각하시오.

잃은 걸 더 귀하게 생각하면

잃게 한 자들이 더 나쁘게 보이니까.

이를 잘 새기면 당신 스스로 저주하는 법을 알게 될 거요.

엘리자베스 내 말은 둔해요.

당신 말로 생기를 불어넣어 주세요.

마가렛 당신의 불행이 그 말을 내 말처럼

매섭고 날카롭게 갈아 줄 거요. (퇴장)

요크 공작부인 재난을 당하면 왜 말이 많아지는 것일까?

엘리자베스 슬픔이란 고객을 대하는 말 많은 변호사,

유언 하나 없이 죽은 기쁨의 허망한 상속자요

비참한 신세를 한탄하는 초라한 웅변가이니,

불행들을 말하게 내버려 두어요. 그래봐야

아무 소용없겠지만 가슴은 후련해질 것이니까요.

요크 공작부인 그럼 혀를 묶어 두지 마라.

나와 함께 가서 지독한 독설로

저주받을 내 아들 리처드의 숨통을 막아놓자.

네 사랑스런 두 아들을 목 졸라 죽인 그놈을 말이다.

(나팔 소리) 나팔 소리가 들리는구나.

자, 실컷 소리 지르자.

리처드 왕과 그의 군대, 행군하면서 등장

리처드 왕 누가 감히 내 출정을 방해하는 것이냐?

요크 공작부인 아! 그래. 네놈 길을 막을 수 있는 여인이다.

태내에서 네놈을 질식시켜 죽여 버렸다면,

네놈이 자행한 모든 참혹한 살육을 막을 수 있었을 텐데!

엘리자베스 황금 왕관으로 네놈 이마를 가릴 셈이냐?

정의가 승리한다면 거기 살인자란 낙인이

찍히게 될 거다. 그 왕관을 써야할 태자를,

그리고 내 가련한 아들과 동기들을

끔찍한 죽음으로 몰아넣은 살인자란 낙인이….

자 말해봐라, 천한 악당 놈아. 내 아이들은 어디 있느냐?

요크 공작부인 두꺼비, 두꺼비 같은 놈,

네 형 클래런스와 그의 아들 네드 플랜타저넷은 어디 있느냐?

엘리자베스 점잖은 리버스와 본과 그레이는 어디 있느냐?

요크 공작부인 친절한 헤이스팅스는 어디 있느냐?

리처드 왕 나팔을 불어라, 나팔을! 북을 쳐라, 북을!

주님의 성유(聖油)를 바른 나를 두고

함부로 욕을 퍼붓는 여인네들의 소리를

하늘이 듣지 못하게 하라! 어서 북을 치라고 하지 않느냐!

(나팔 소리와 북 소리)

진정으로 공손하게 애원하면 모를까,

전쟁의 소란스런 군고(軍鼓) 소리로

그렇게 외쳐대는 고함 소리를 압도해 버릴 것이다.

요크 공작부인 네놈이 내 자식이더냐?

리처드 왕 그렇습니다. 신과 그리고 아버지와 어머니 덕분에요.

요크 공작부인 그럼 이 어미의 분노 소리를 참고 들어라.

리처드 왕 어머니, 난 어머니의 기질을 타고 나서
날 비난하는 소리를 참고 듣지 못합니다.

요크 공작부인 아! 네놈에게 말 좀 해야겠다.

리처드 왕 그럼 해보세요. 난 듣지 않을 테니….

요크 공작부인 부드럽고 점잖게 말하겠다.

리처드 왕 그러고 간단하게, 어머니. 난 바빠요.

요크 공작부인 그렇게 바쁜 몸이냐? 맹세하는데, 나는
고통과 고뇌에 몸부림치면서 여기서 널 기다리고 있었다.

리처드 왕 그 고통을 위로하려고 이렇게 오지 않았습니까?

요크 공작부인 맹세하지만 그럴 리가 없다.
네놈도 잘 알거다. 네놈이 세상에 태어난 건
이 세상을 나의 지옥으로 만들어 주기 위해서라는 걸….
내게서 네놈이 태어난 건 너무나 쓰라린 업보였다.
어릴 때는 까다로운 고집불통이었고,
학교 다닐 때는 사납고 무모하고 거칠고 난폭했다.
청년 시절에는 대담하고 뻔뻔스러워
감히 못하는 짓이 없었다. 나이가 들어서는
거만하고 교활하고 비열하고 잔인하여,
겉으로는 순한 것 같았으나 실제론 큰 해를 끼쳤다.
또한 친절한 척 했지만 속으론 증오심을 불태웠다.

함께 있으면서 네놈이 언제

네 어미 마음을 편히 해준 적이 있더냐?

리처드 왕 물론 없습니다. 언젠가 어머니께서

저를 떼어 놓고 아침 식사를 하러 갔을 때를 빼고는….

제가 그렇게 눈에 가시처럼 거슬리거든

그렇게 화내지 말고 그냥 지나치게 해주세요, 어머니.

자, 북을 쳐라!

요크 공작부인 제발 내 말 좀 들어 봐라.

리처드 왕 또 모진 독설을 퍼부으려고요?

요크 공작부인 한 마디만 들어봐라.

두 번 다시 네놈에게 얘기하진 않을 거다.

리처드 왕 그럼 한번 들어봅시다.

요크 공작부인 신의 공정한 심판으로 인해,

네놈은 이번 전쟁에서

승리자로 살아 돌아오지 못할지도 모른다.

내가 슬픔과 노령으로 지쳐 다시는

네놈 얼굴을 보지 못하고 죽을지도 모르겠다.

그러니 너무나 무거운 내 저주를 짊어지고 가라.

전투 시에는 그 무거운 저주의 짐이,

완전무장하고 걸친 네놈 무구(武具)보다도

널 더 지치게 할 것이다! 내 기도는

네놈 적과 한 편이 되어 네놈과 싸우리라!

에드워드의 어린 자식들 영혼은

네놈 적들 한 사람 한사람에게 속삭이면서

성공과 승리를 약속하리라!

피에 굶주린 네놈이니

피를 흘리며 최후를 맞이하리라!

평생 널 따라다닌 치욕이

임종의 순간까지 따라 다니리라! (퇴장)

엘리자베스 저주할 더 많은 이유는 있지만,

전 이제 저주할 기력이 없어요.

그러니 어머님 말씀에 아멘! (가려고 한다.)

리처드 왕 부인, 할 얘기가 있으니 거기 좀 멈추시오.

엘리자베스 내게는 이제 당신이 죽일 왕의 아들이 없소.

죽일 딸들은 있지만…. 리처드,

내 딸들은 눈물로 지새우는 왕비보다는

수녀가 되어 기도하며 살 겁니다.

그러니 제발 제 딸들의 생명을 겨누지 마세요.

리처드 왕 엘리자베스라는 따님이 있죠.

정숙하고 아름답고 공주답고 우아한 따님이….

엘리자베스 그래서 죽어야 하나요? 아, 그녀를 살려줘요.

그럼 정조와 아름다운 얼굴을 더럽혀놓고,

제 스스로 에드워드 왕의 잠자리를

더럽혔다는 오명을 뒤집어쓰고,

딸에게도 불명예의 면사포를 뒤집어씌우겠어요.

딸년이 잔인한 살육을 피해 살아 갈 수 있다면,

그녀가 에드워드의 씨가 아니라는

거짓 고백이라도 서슴없이 하겠어요.

리처드 왕 출생을 모욕하지 마시오. 따님은 왕녀이니까.

엘리자베스 딸의 생명을 구하기 위해 아니라고 하겠소.

리처드 왕 왕녀로 태어났기에 그나마 생명이 안전한 거요.

엘리자베스 왕손으로 태어났기에 그녀 동생들이 죽은 게 아니오?

리처드 왕 아니! 그들 탄생에 행운의 별이 등을 돌렸기 때문이오.

엘리자베스 아니! 그들 생명에 악한 친척들이 등 돌렸기 때문이오.

리처드 왕 아무도 숙명을 피할 수 없소.

엘리자베스 그래요. 신과 등진 자가 숙명을 좌우할 때는….

당신이 신의 축복을 받아 좀 더 좋은 삶을 영위했다면

내 아이들도 좀 더 나은 죽음을 맞을 운명이었을 겁니다.

리처드 왕 듣자하니 내가 조카들을 죽인 것처럼 말하시는군요.

엘리자베스 그래 조카들이오. 삼촌에게 속아

안락한 삶도 왕국도 친척도 자유와 생명도 다 빼앗겼소.

어린 그들의 가냘픈 심장을 찌른 자가 누구이든

뒤에서 우회적으로 그들을 조종한 것은 당신의 머리였소.

그 흉악한 칼날도 처음에는 분명 무디고 둔했을 것이오.

그런데 당신의 돌 같이 단단한 심장에 갈아져서

마침내 내 어린 양들의 내장을 갈라놓고 말았소.

이젠 슬픔에도 이골이 나서 날뛰는 비통은 온순해졌소.

아니면 내 혀가 아들들 이름을

당신 귀에 들려주는 것이 아니라,

내 손톱으로 당신 두 눈을 후벼냈을 것이오.

나는 죽음이란 절망적인 바다 어귀에서,

돛도 삭구(索具)도 다 빼앗긴 초라한 배처럼,

바위처럼 단단한 당신 가슴에 부딪쳐 산산조각이 나버렸소.

리처드 왕 여보시오 왕비, 난 승패를 알 수 없는

이 잔혹한 전쟁에서 승리를 바라는 것만큼이나,

나에게 피해를 당한 당신과 따님을 위해서

뭔가 좋은 일을 해야겠다고 생각하고 있소.

엘리자베스 좋은 일이라니? 아직 드러나지 않았지만

그 천사 같은 얼굴 뒤에 감추고 있는 좋은 일이란 대체 뭐요?

리처드 왕 따님의 신분을 올려드리겠소, 부인.

엘리자베스 머리를 자를 단두대 위로 말이오?

리처드 왕 아니오. 운명의 절정에 이른 명예로운 자리로,

이 지상의 영광 가운데 최고의 자리로!

엘리자베스 그런 말로 내 슬픔을 달래려는 거요?

말해 봐요. 나의 어느 딸에게 도대체

어떤 존엄한 신분과 명예를 주겠다는 말이오?

리처드 왕 내가 가진 모든 걸. 글쎄

나 자신과 모든 걸 따님께 드리겠소.

그러니 당신이 나한테 당했다고 상상하는

이런저런 모욕들에 대한 모든 슬픈 기억을,

당신의 분노한 영혼이란

망각의 강에 던져 익사시켜 버리세요.

엘리자베스 간단히 말해보세요. 친절을 베푼다고

길게 늘어놓다가, 그 기간이 다 지나가도록 하지 마시고….

리처드 왕 그럼 말하겠소. 진심으로 따님을 사랑하오.

엘리자베스 그 딸 어미도 진정 그리 생각하고 있어요.

리처드 왕 뭘 어떻게 생각한단 말이오?

엘리자베스 당신이 내 딸을 진심으로 사랑한다고….

당신은 또한 그녀 동생들도 진정으로 사랑했지요.

그러니 나도 당신께 진심으로 감사드려요.

리처드 왕 내 뜻을 오해하여 너무 성급히 재를 뿌리지 마시오.

난 정말 진심으로 따님을 사랑하고 있어요.

따님을 잉글랜드의 왕비로 만들 생각을 하고 있어요.

엘리자베스 아, 그럼 누구를 국왕으로 삼을 생각이오?

리처드 왕 따님을 왕비로 만든 그 사람이지, 누구겠소?

엘리자베스 아니, 그럼 당신이?

리처드 왕 물론이오. 자, 어찌 생각하시오?

엘리자베스 딸애를 어떻게 설득하시겠소?

리처드 왕 당신에게 좀 배웁시다.

그녀의 기질은 당신이 가장 잘 알고 있으니까.

엘리자베스 나에게 배우겠다고?

리처드 왕 부인, 진심이오.

엘리자베스 그럼, 딸애의 동생들을 죽인 하수인에게

피가 흐르는 두 개의 심장을 들려 그녀에게 보내시오.

거기에 각각 '에드워드'와 '요크'라는 글자를 새겨서….

그럼 아마 내 딸애가 울 것이오.

그러니 손수건도 같이 보내시오. 마가렛이 언젠가

당신 부친께 러틀런드의 피에 젖은 손수건을 내밀었듯이….

이런 말도 전하는 게 어떻소. 이 손수건은

사랑스런 동생들 몸에서 흘러나온 자줏빛 피로 물든 것이니,

이걸로 흘러내리는 눈물을 닦으라고….

그래도 딸의 마음을 움직여

당신을 사랑하도록 하지 못하거든

당신의 훌륭한 업적을 적은 편지를 보내 보시오.

그녀의 삼촌 클래런스와 외삼촌 리버스를 처치한 사람은,

아, 그리고 그녀를 위해, 착한 숙모 앤도

급히 처치해 버린 사람이

바로 당신이었다는 사연을 담은 편지를…..

리처드 왕 부인, 날 조롱하는 거요?

그건 따님을 설득하는 방법이 아니잖소?

엘리자베스 다른 방법이 없잖아요.

당신이 다른 형상을 뒤집어쓰고

이 모든 악업을 쌓은 리처드 아닌 인물로 변한다면 몰라도….

리처드 왕 이것도 다 따님 사랑을 얻기 위해 했다고 하면?

엘리자베스 아니, 그럼 딸애는 더욱 당신을 증오하겠지.

그런 끔찍한 살육을 미끼로 그녀의 사랑을 사려고 했으니까.

리처드 왕 보시오. 저지른 일을 이제 와서 돌이킬 순 없소.

인간이란 가끔 무모한 짓을 저질러 놓고 나선

세월이 흘러 나중에 여유가 생기면 후회하기 마련이오.
날 보고 당신 아들에게서 왕국을 빼앗았다고 하시면,
그걸 보상하기 위해 왕국을 따님께 다시 돌려주겠소.
당신 태내에서 나온 씨들을 내가 죽였다고 하신다면
따님 몸에 내 씨를 뿌려
당신 혈통이 다시 살아 나오게 하겠다고 말하겠소.
사랑을 두고 할머니란 명칭이
어머니란 정다운 명칭과 뭐가 그리 다를 게 있겠소.
자식이긴 매 한가지고 다만 촌수가 하나 아래일 뿐,
그 자손도 당신 기질과 혈통을 그대로 타고 나질 않소.
산고 또한 별로 다르지 않소.
따님을 낳을 때 부인이 겪었던 하룻밤의 진통을
이번에는 당신 따님이 겪을 뿐이오.
젊은 시절, 부인에게 자식들이 두통거리였지만,
내 자식들은 부인의 노후에 위안이 될 것이오.
부인이 잃은 것이라곤 국왕이 될 아드님뿐이고,
잃은 것 대신 당신 따님이 왕비가 되는 거요.
부인께 보상해 드리고 싶지만
나로선 어쩔 도리가 없소. 그러니
내가 드릴 수 있는 친절한 마음이라도 받으시오.
부인의 아들 도셋 후작은 겁을 먹고
외국 땅으로 도망쳐 불만에 찬 생활을 하고 있지만,
이 아름다운 혼사만 성립되면, 즉시 그를 고국으로 불러들여,

높은 자리에 앉혀 출세시키고 권세를 누리도록 조처하겠소.
당신의 아름다운 따님을 아내라고 부르게 되었으니
왕인 내가 당신 아들 도셋을 자형이라고 친밀하게 부르겠소.
당신은 국왕의 장모님이 되시고….
그럼 과거의 모든 비참한 일들은
이중의 만족으로 다 보상 될 게 아니겠소?
그렇소! 앞으로 얼마든지 좋은 나날들을 보게 될 거요.
지금까지 당신이 흘린 눈물방울들은
빛나는 진주로 변하여 되돌아올 것이오.
슬픔의 눈물이란 채권은
스무 배의 이자가 붙은 행복으로 되돌아올 것이오.
그러니 장모님, 어서 따님에게 가 보시오.
아직 수줍어 할 나이이니,
당신 경험을 들려주어 따님을 대담하게 만들고,
구애자의 말에 귀 기울이게 하시오.
당신의 어린 딸 가슴에
영광스런 왕비가 되길 갈망하는 동경의 불을 지피고,
따님이 결혼 생활의 달콤하고 아늑한 기쁨을
알 수 있도록 얘기해주시오.
그럼 이 팔로 저 하찮은 반역자,
미련하고 둔한 버킹엄을 응징하고
승리의 화관을 쓰고 여기 돌아와,
따님을 승리자의 신방으로 맞아들이겠소.

그러고는 따님께 내가 거둔 승리에 대해 얘기해줄 것이오.

그럼 따님은 시저를 이긴

또 다른 시저처럼 유일한 승자가 되는 거요.

엘리자베스 그럼, 뭐라고 이야기하면 좋겠소?

아버지의 동생을, 아니 삼촌을 남편으로 맞으라고?

아니면 제 동생들과 삼촌들을 죽인 남자를 맞으라고?

대체 당신을 어떤 명칭으로 부르면서 딸에게 결혼을 권해야,

신과 법과 내 명예와 딸애의 사랑에 위배되지 않고

나이 어린 딸아이를 흡족하게 할 수 있겠소?

리처드 왕 이 결합이 잉글랜드의 평화를 이뤄낼 거라고 하시오.

엘리자베스 부부간의 끝없는 불화의 대가로 산 평화겠죠.

리처드 왕 만인을 통치하는 왕이 애원하더라고 전하시오.

엘리자베스 왕 중 왕이신 하느님께서 그걸 금하신다고 전하겠소.

리처드 왕 위대한 지존의 왕비 자리에 오른다고 전하시오.

엘리자베스 이 어미처럼 그 칭호를 잃고 울게 될 거라고 전하겠소.

리처드 왕 따님을 영원히 사랑할 거라고 전하시오.

엘리자베스 하지만 '영원'이란 말이 얼마나 오래 가겠소?

리처드 왕 그녀의 행복한 삶이 끝날 때까지….

엘리자베스 하지만 그 행복한 삶이 얼마나 오래 가겠소?

리처드 왕 천국과 자연이 허락하는 날까지….

엘리자베스 아니, 지옥과 리처드가 허락하는 날까지….

리처드 왕 군주인 내가 따님께

겸손한 신하처럼 행동하겠다고 전하시오.

엘리자베스 하지만 신하인 그녀는 당신 같은 군주를 혐오해요.

리처드 왕 나를 위해 따님께 말 좀 잘 해주시오.

엘리자베스 정직한 얘긴 솔직하게 전하는 게 제일이죠.

리처드 왕 그럼, 내 사랑을 솔직하게 전해주시오.

엘리자베스 부정직한 걸 솔직하게 말하기란 정말 곤란한 일이죠.

리처드 왕 당신 논법은 너무나 피상적이고 성급하오.

엘리자베스 아, 천만에요! 내 논법은 너무 깊어 죽은 것 같아요.

　　　가련한 내 아이들도 죽어 너무나 깊은 무덤 속에 묻혀 있소.

리처드 왕 그 현(絃)은 건드리지 마시오. 이미 다 지나간 일이니….

엘리자베스 두고두고 건드리겠소.

　　　내 심현(心絃)이 끊어질 때까지….

리처드 왕 자, 이제, 성자 조지를, 이 훈장을, 이 왕관을 걸고….

엘리자베스 성자를 모독하고, 그 훈장의 명예를 더럽히고,

　　　찬탈한 왕관을 두고….

리처드 왕 맹세합니다.

엘리자베스 두고 맹세할 그 뭣도 없으니, 맹세가 되지 않아요.

　　　모욕을 당한 성자 조지는 이미 성스런 명예를 잃었고,

　　　더럽혀진 훈장은 이미 기사의 명예를 상실했고,

　　　찬탈당한 왕관은 이미 국왕의 영광에 흠집을 냈으니까.

　　　그러니 다른 이들이 믿어줄 만한 맹세를 하고 싶거든,

　　　아직까지는 모독하지 않은 그 어떤 것을 두고 맹세하세요.

리처드 왕 그럼, 이 세상을 두고…..

엘리자베스 세상은 당신의 더러운 죄로 가득 차 있어요.

리처드 왕 그럼, 내 아버지의 죽음을 두고….

엘리자베스 당신의 삶으로 더럽혀졌어요.

리처드 왕 그럼, 나 자신을 두고….

엘리자베스 당신 자신을 스스로 오용했어요.

리처드 왕 아, 그럼 신을 두고….

엘리자베스 그 무엇보다도 당신은 신을 모독했어요.

당신이 신께 드린 맹세를 두려워하며 감히

깨뜨리지 않았던들, 내 남편 에드워드 왕이 이룬 화해가

이렇게 깨어지진 않았을 것이며,

내 동생들도 살해당하진 않았을 것이오.

당신이 신께 드린 맹세를 감히 깨뜨리지 않았던들,

지금 추한 당신 머리를 두르고 있는 황금 면류관은

내 아들의 부드러운 이마를 아름답게 꾸미고 있을 것이며,

두 왕자는 여기 내 곁에서 숨을 쉬고 있을 것이오. 하지만

그들은 지금 흙 속에 나란히 머리를 맞대고 누워 있소.

당신이 맹세를 깬 덕에, 구더기 밥 신세가 되고 말았소.

자, 이제 당신이 무엇을 두고 맹세할 수 있겠소?

리처드 왕 미래를 두고….

엘리자베스 미래 또한

당신이 과거에 저지른 악행으로 더럽혀졌소.

과거에 당신에게서 받은 모욕 때문에

나는 앞으로 두고두고 눈물을 흘려야 하니까….

당신에게 도륙당한 부모들의 자식들은

살아 있으나 배우지 못해 노후에 그걸 한탄할 게 아니오?

당신에게 도륙당한 아이들의 부모들은 살아 있으나,

늙어 더 이상 자식을 낳을 수 없으니,

나이가 들수록 그걸 슬퍼할 게 아니겠소?

그러니 미래를 두고 맹세하지 마시오.

과거에 범한 죄악으로 인해 이미 미래는 더럽혀졌으니까.

리처드 왕 이번 일에 성공하면 참회할 생각이오.

그러니 적개심에 불타는 적군과의 위험한 전쟁에서

제가 승리하게 도와주소서!

내가 내 자신을 파괴해도 좋소!

하늘과 운명이 내 행복한 시간을 가로막아도 좋소!

낮은 그 빛을, 밤은 휴식을 주지 않아도 좋소!

온갖 행운의 별들이 내 앞길을 가로 막아도 좋소!

만약 이 리처드가 순수한 가슴의 애정과

티 없이 깨끗한 헌신과 경건한 배려를

아름답고 기품 있는 따님께 바치지 않으면 말입니다!

내 행복과 당신의 행복이 따님께 달려 있으니,

그녀를 얻지 못하는 날엔 나와 당신에게,

그녀 자신에게, 그리고 이 땅과 수많은 기독교인들에게,

죽음과 황폐, 그리고 파멸과 쇠락이 뒤따를 거요.

이를 피하는 길은

지금도 앞으로도 오직 하나, 이 방법뿐이오.

그러니 장모님 ─ 이렇게 불러야 하는데 ─

그녀에 대한 내 사랑의 대변자가 되어주시오.

과거가 아니라 미래의 내 모습으로,

과거의 행적이 아니라 미래의 업적으로 날 변호해주시오.

시국과 혼인의 필요성을 역설하시고

분별없는 행동으로 대업을 그르치지 않게 해주시오.

엘리자베스 이렇게 악마의 유혹에 넘어가야 하나?

리처드 왕 그래요. 악마가 좋은 일을 하라고 권한다면….

엘리자베스 내 과거의 처지를 잊어야 하나?

리처드 왕 그래요. 과거의 기억이 당신께 해를 끼친다면….

엘리자베스 하지만 당신은 내 아이들을 죽였소.

리처드 왕 하지만 그들을 당신 따님의 태내에 묻어 드리겠소.

그럼 그들은 불사조의 향기로운 보금자리 속에서

그들 자신의 모습으로 다시 태어나 당신께 위안이 될 거요.

엘리자베스 그럼 가서 당신 뜻대로 딸을 설득할까요?

리처드 왕 그렇게 하여 행복한 어머니가 되시오.

엘리자베스 가보죠. 즉시 편지를 내게 써 보내시오.

그럼 딸애의 의향이 어떤지를 알려 드리겠소.

리처드 왕 내 진심이 담긴 키스를 따님께 전해주시오.

그럼 잘 가시오. (키스한다. 엘리자베스 왕비 퇴장)

마음 약한 바보에다 천박하고 변덕스런 계집 아닌가!

랫클리프, 등장. 켓츠비, 뒤따른다.

웬일이냐? 뭔 소식이냐?

랫클리프 지엄하신 폐하, 황공하오나 서해안에

강력한 함대가 나타났습니다. 우리 쪽 해안엔

믿지 못할 수많은 겁쟁이들만 모여 있고요.

제대로 무장도 하지 않았고,

적을 격퇴할 결심도 서있지 않은 것 같습니다.

적의 총수(總帥)는 리치먼드인 것 같습니다.

해안 상륙에 앞서 버킹엄의 지원을 기다리며

거기 정박하고 있다고 합니다.

리처드 왕 날쌘 자를 노포크 공작께 급파하라.

랫클리프나 켓츠비를 보내도 좋아. 그는 어디 있나?

켓츠비 폐하, 여기 있습니다.

리처드 왕 켓츠비, 빨리 노포크 공작에게 가라.

켓츠비 폐하, 전력을 다해 달려가겠습니다.

리처드 왕 랫클리프, 이리 와.

솔즈버리로 급히 가라. 거기 도착하거든….

(켓츠비에게) 이 미련한 바보!

왜 여기서 꾸물거리고 있느냐?

왜 노포크 공작께 가지 않느냐?

켓츠비 폐하, 먼저 폐하의 뜻을 밝혀 주십시오.

공작께 전달할 폐하의 용건을 말입니다.

리처드 왕 아! 그렇지, 켓츠비. 그에게 전하라.

가능한 한 최대의 병력을 동원하여 출동하고,

솔즈버리에서 즉시 나와 합류하라고….

켓츠비 그럼 가보겠습니다. (켓츠비 퇴장)

랫클리프 저는 솔즈버리로 가서 뭘 할까요?

리처드 왕 아니, 나보다 앞서 거기 가서 뭘 하겠다는 거냐?

랫클리프 폐하께서 저보고 먼저 거기 급히 가라고 명하셨습니다.

스탠리, 등장

리처드 왕 마음이 변했다. 스탠리 경, 무슨 소식이오?

스탠리 폐하, 마음에 드실 만한 희소식은 아닙니다.

　　하지만 보고를 아니 드릴 흉보도 아닙니다.

리처드 왕 뭔 수수께끼 같은 말이오?

　　희소식도 흉보도 아니라고!

　　왜 그렇게 빙빙 돌려 말하는가?

　　빨리 간단하게 얘기 할 수 있을 텐데….

　　다시 묻겠다. 뭔 소식인가?

스탠리 리치먼드가 해상에 나타났습니다.

리처드 왕 거기서 당장 격침시켜라. 바다 속에 수장시켜라!

　　겁쟁이 추방자 주제에 거기서 뭘 하고 있는 거야?

스탠리 지엄하신 폐하, 모르겠습니다. 추측할 수밖에는….

리처드 왕 그래, 어떻게 추측하는가?

스탠리 도셋, 버킹엄, 모튼 등이 리치먼드를 선동했습니다.

　　그리하여 리치먼드 백작이

　　잉글랜드의 왕관을 요구하러 여기 온 것 같습니다.

리처드 왕 옥좌가 비었단 말인가?

보검은 통치력을 잃었단 말인가?

국왕이 죽었나? 이 왕국의 주인이 없단 말이냐?

요크 왕가의 자손 중 나 외에 누가 살아있단 말인가?

요크 왕가의 계승자인 나 외에

그 어느 누가 잉글랜드의 왕이란 말인가?

자, 말해봐라. 그가 해상에서 대체 뭘 하고 있는 거냐?

스탠리 폐하, 그렇지 않다면, 달리 추측이 되지 않습니다.

리처드 왕 그 웨일즈 출신 놈이 그대의 주군이 되기 위해

해상에 출몰했다는 것밖에는 추측할 수 없단 말이지.

경도 내게 반기를 들고 놈에게 도망가 합세할 눈치군.

스탠리 폐하, 아니옵니다. 그러니 절 의심하지 마십시오.

리처드 왕 그럼, 놈을 격퇴할 그대 병력은 어디 있는가?

경의 병졸들과 지지자들은 어디 있는가?

지금 서해안에서 역적들이 배에서 내려

상륙하는 걸 그들이 돕고 있는 것은 아닌가?

스탠리 아닙니다, 폐하. 제 수하들은 북방에 집결해 있습니다.

리처드 왕 내게는 냉담한 자들이군.

서방에서 주군을 도와야 할 상황인데,

북방에서 도대체 뭘 하고 있단 말인가?

스탠리 그들은 아직 명령을 받지 못했습니다, 폐하.

폐하께서 허락하신다면 지금 물러가,

수하들을 소집해서 폐하를 뵙겠습니다.

폐하께서 명하시면 언제 어디라도 출동하겠습니다.

리처드 왕 그래, 그래. 리치먼드와 합세하고 싶겠지.

아무튼 나는 경을 믿을 수 없어.

스탠리 지엄하신 폐하, 황공하오나 폐하께선

아무런 이유 없이 제 충정을 의심하고 계십니다.

폐하를 배반하지도 않았고

앞으로도 절대 배반하지 않을 겁니다.

리처드 왕 그럼, 가서 병력을 소집하라. 하지만

경의 아들 조지 스탠리를 인질로 두고 가라.

그리고 경의 충정이 확고함을 증명하라.

그러지 못할 경우 아들의 목이 위태로울 것이다.

스탠리 폐하 뜻대로 하십시오. 제 충정을 증명하겠습니다. (퇴장)

사자, 등장

사자 폐하께 아룁니다.

아군들에게서 입수한 확실한 정보에 의하면,

지금 막 데번셔에서 에드워드 코트니 경이

자신의 형제인 오만한 엑서터 주교[41]와 함께

수많은 동지들을 규합하여

무장을 하고 반란을 일으켰다고 합니다.

사자 2, 등장

사자 2 폐하, 켄트에서 길드퍼드 일족이 반기를 들었다 합니다.

그리고 시시각각으로 동조자들이 반군에 합세하여

그 군세가 점점 강해지고 있다고 합니다.

사자 3, 등장

사자 3 폐하, 지금 버킹엄 휘하의 대군이….

리처드 왕 닥쳐, 올빼미 같은 놈들!

그래 죽음의 노래밖에 모르느냐? (사자 3을 때리면서)

더 좋은 소식을 가져오면 몰라도, 자, 이거나 받아라.

사자 3 폐하께 아뢰려는 소식은 이렇습니다.

갑작스런 폭우와 홍수로 인하여

버킹엄의 군대가 사방으로 흩어져 궤멸되고,

버킹엄 자신은 홀로 떨어져 배회하고 있어

아무도 그의 행방을 모른다고 합니다.

리처드 왕 미안하구나.

이 돈지갑을 받아라. 맞은 것에 대한 대가다.

그런데 생각 깊은 어떤 사람이 포고령이라도 내렸더냐?

그 역적 놈을 체포해 온 자에게 상금을 내린다고….

사자 3 폐하, 이미 그런 포고령이 내려져 있습니다.

사자 4, 등장

사자 4 폐하, 아룁니다. 요크셔에서

토머스 러벨 경과 도셋 후작이 거병했다고 합니다.

하지만 폐하께 전할 좋은 소식도 있습니다.

태풍으로 인해 브리타니 해군은 뿔뿔이 흩어졌습니다.

리치먼드는 도시트셔에서 배 한척을

해변으로 보내, 해안에 있는 군대에게

그들이 적군인지 아군인지를 물었다고 합니다.

그 때 그들은 버킹엄 휘하 군대로, 아군이라고

답을 했지만, 그들을 믿지 못한 리치먼드는

돛을 올리고 다시 브리타니로 되돌아갔다고 합니다.

리처드 왕 진군하라, 진격이다! 전투준비는 끝났다.

외적과 싸울 일은 없어졌지만

여기 국내의 역적을 격파하는 일은 남아 있다.

켓츠비, 다시 등장

켓츠비 폐하, 버킹엄 공작이 체포됐습니다.

최상의 희소식일 것 같습니다. 좀 언짢은 소식이지만

전하지 않을 수 없는 소식도 있습니다. 리치먼드 백작이

막강한 군대를 이끌고 밀퍼드에 상륙했다고 합니다.

리처드 왕 솔즈버리로 진군하라!

우리가 여기서 따지고 있는 사이에,

왕위 쟁탈전의 승패가 끝날 수도 있다.

누가 가서 버킹엄을 솔즈버리로 호송하라.

나머지는 나와 함께 진군이다.

모두 퇴장

5장

런던, 스탠리 경 저택의 방

스탠리 경과 사제(司祭)인 크리스토퍼 어즈위크, 등장

스탠리 크리스토퍼 사제, 내 전갈이라고 하고

리치먼드에게 이렇게 전해 주시오.

지독하게 잔인한 멧돼지의 우리에

내 아들 조지 스탠리가 갇혀 있는데,

내가 반기를 드는 날엔 조지의 목은 달아난다고….

그게 두려워 지금 당장 도울 처지가 못 된다고….

그럼 어서 가보시오. 리치먼드에게 안부 전해주시오.

그리고 왕비께서도 엘리자베스 공주와 그분의 결혼을

진심으로 동의하셨다는 말도 전해 주시오.

그런데 말해보시오. 리치먼드는 지금 어디 있소?

크리스토퍼 펨브루크나 웨일즈의 하퍼드웨스트에 계실 겁니다.

스탠리 그래, 어떤 분들이 그에게 합류했소?

크리스토퍼 이름난 용사인 월터 허버트 경,

길버트 탤버트 경, 윌리엄 스탠리 경, 옥스퍼드 경,

용감무쌍한 펨브루크 경, 제임스 블런트 경, 용감한

휘하의 병사들을 거느리고 참가한 라이스 애프 토머스 등,

수많은 명사들과 훌륭한 분들이 동참하고 있습니다.

도중에 전투만 벌어지지 않는다면

그들 모두 곧장 런던으로 진격할 계획이랍니다.

스탠리 그럼, 어서 그에게 돌아가시오.

리치먼드의 손에 내 키스를 전해 주시오.

서찰을 보면 내 뜻을 알 것이오. 그럼 잘 가시오.

모두 퇴장

5막

1장

솔즈버리, 광장

버킹엄을 형장으로 끌고 가는
행정관과 호위병, 등장

버킹엄 리처드 왕은 끝내 나와의 대면을 거절하는 건가?

행정관 그렇습니다, 공작. 그러니 체념하십시오.

버킹엄 헤이스팅스, 에드워드 왕의 왕자들,

그레이, 리버스, 경건한 헨리 왕,

그분의 멋진 왕자 에드워드, 토마스 본 경 등과

비밀리에 행해진 부패하고 추악하고 부당한 마수에 걸려

유명을 달리한 모든 이들이여,

만약 원한에 사무쳐 노한 당신들의 혼백이

구름 사이로 지금 벌어지고 있는 일들을 보고 있다면

복수할 절호의 기회이니, 나의 파멸을 조소하시오!

그런데 여보시오, 오늘이 만영절(萬靈節)[42]이 아니오?

행정관 그렇습니다, 공작.

버킹엄 아니 그럼, 만영절에 내 육신의 운명이 끝나는군.

오늘이 바로 그날이지. 에드워드 왕께서 살아계실 때,

그분 자식들과 왕비 일족을 배반하는 날에는

이 몸에 파멸이 내리라고 기도했던 바로 그날이었소.

그런 짓을 하면 가장 믿었던 사람에게

배반을 당해도 좋다고 맹세한 것도 그날이었소.[43]

공포에 사로잡힌 내 영혼엔, 이 만영절이

죄를 벌하기 위해 미리 정해진 날이구나.

내가 지금까지 희롱했던 저 높은 곳에서

만사를 굽어보시는 하느님께서

내 거짓 기도를 내 머리 위에 되돌리시고,

농담처럼 했던 기도가 정말로 실현되게 하시는구나.

이렇게 하느님은 사악한 인간들이 휘두르는 칼끝을

마침내 그들 자신의 가슴에 들이대게 하시는구나.

그리하여 마가렛의 저주가 영락없이

내 목에 떨어지는구나. 그녀는 이렇게 말했지.

"네 가슴은 슬픔으로 인해 터져버릴 것이다.

그때 이 마가렛이 예언자였음을 기억하라!"

여봐라, 치욕스런 단두대로 날 안내하라.

악은 악의, 죄는 죄의 대가를 치를 뿐이다.

모두 퇴장

2장

탬워스 근처의 벌판

리치먼드, 옥스퍼드, 제임스 블런트, 월터 허버트,
기타 인물들, 북소리와 군기와 함께 등장

리치먼드 무장한 동지 여러분, 폭군의 멍에 아래
상처를 입은 경애하는 친구 여러분,
중원(中原)에 이르기까지 우리는 이렇게
아무런 저항도 받지 않고 진격해 왔습니다.
지금 마침 나의 계부이신 스탠리 경으로부터
매우 간절한 위로와 격려를 담은 서한이 도착했소.
여름철의 전답과 열매가 달린 포도 덩굴을 망쳐놓은
저 비열하고 잔인한 찬탈자, 멧돼지 놈이
마치 소택지(沼澤地)처럼 이 땅의 따뜻한 피를 들이키고,
수목으로 둘러싸인 기름진 이 땅을 유린하고 있소
더러운 돼지 놈이 지금 이 섬나라의 중앙
레스터 가까이에 진을 치고 있다고 합니다.
탬워드에서 그곳까진 하루 행군으로 갈 수 있는 거리요.
하느님의 이름으로 말하노니, 용감한 친구들이여,
가혹한 전쟁이라는 이 잔인한 재난을 통해
영원한 평화를 거둬들이기 위해 즐겁게 행군합시다.

옥스퍼드 한 사람 한 사람의 양심이야말로

죄 많은 그 살인마에 맞서 싸울 수천의 창칼입니다.

허버트 적군 병사들은 분명 투항할 겁니다.

블런트 사람들은 다만 리처드가 무서워서 따를 뿐,

진정으로 그를 따르는 이는 없소.

결정적인 순간에는 모두 배반할 겁니다.

리치먼드 만사가 우리 쪽에 유리하니

신의 이름으로 진격합시다. 진정한 희망은

제비의 날개를 타고 빠른 속도로 날고,

희망은 왕을 신으로 만들고,

천민들을 왕으로 만든답니다.

모두 **퇴장**

3장

보즈워스 필드

리처드 왕, 군대를 이끌고 등장
노포크 공작, 서리 백작, 기타 인물들 등장

리처드 왕 자, 천막을 쳐라, 바로 여기가 보즈워스 벌판이다.

서리 경, 안색이 왜 그렇게 침울해 보이는 거요?

서리 제 마음은 안색보다 열 배나 더 유쾌합니다.

리처드 왕 노포크 경….

노포크 여기 있습니다, 폐하.

리처드 왕 노포크 경, 우리가 당할 것 같소. 그리 생각하지 않소?

노포크 폐하, 양쪽 모두 치고 받고 할 겁니다.

리처드 왕 어서 군막을 쳐라! 오늘 밤은 여기서 야영하겠다.

(병사들, 왕의 막사를 세우기 시작한다.)

그런데 내일은 어디서? 그래 그까짓 건 상관없어.

하지만 역적들의 병력 수가 얼마나 되는지 염탐해 봤소?

노포크 기껏해야 6, 7천 정도랍니다.

리처드 왕 음, 그래, 우리 병력은 그 세 배는 된다.

게다가 왕이란 명칭은

적을 위압하는 견고한 망대[44]이다.

적군에게는 그것이 없단 말이오.

자, 군막을 쳐라! 자, 제경들,

지형을 살피러 갑시다.

지리에 밝은 사람을 불러 주시오.

규율을 소홀히 하지 마시오. 지체하지 맙시다.

제경들, 내일은 바쁜 날이 될 거요.

**반대쪽 벌판에 리치먼드, 윌리엄 브랜던 경,
옥스퍼드, 기타 인물들 등장.
몇몇 병사들, 리치먼드의 군막을 치고 있다.**

리치먼드 지친 태양이 황금빛 낙조(落照)를 드리우는구나.

저 불타는 수레의 찬란한 자국은

내일 화창한 날씨가 되리라는 징조로구나.

브랜던 경은 내 군기를 맡아주시오.

내 군막으로 잉크와 종이를 좀 가져다주시오.

난 내일 전투의 진영과 작전 계획을 수립해

각 부대장들에게 각자 해야 할 일들을 할당하고,

소수 병력이지만 우리 병력을 적절하게 배치해야겠소.

옥스퍼드 경, 윌리엄 브랜던 경,

그리고 월터 허버트 경은 나와 함께 여기 남아주시오.

펨브루크 백작은 자기 부대를 지휘하도록 해야겠소.

블런트 부대장, 백작께 내 안부를 전하고

새벽 두 시경에 내 막사로 와주시길 바란다고 전하게.

블런트 부대장, 부탁이 한 가지 더 있네.

스탠리 경이 지금 어디에 진을 치고 있는지 알고 있나?

블런트 그분의 군기를 잘못 본 게 아니라면,

 —제가 잘못 볼 리는 없습니다만—

 스탠리 경 휘하의 병사들은 적어도

 폐하 군대 남쪽 반마일 정도 지점에 진을 치고 있습니다.

리치먼드 부대장, 위험에 빠지지 않고 연락이 가능하다면

 스탠리 경에게 내 안부를 꼭 전해주게.

 더없이 긴급한 이 중대한 서신도 전해주게.

블런트 폐하, 목숨을 걸고 꼭 전달하겠습니다.

 그럼 하느님의 가호로 오늘밤 편히 쉬십시오!

리치먼드 그럼 잘 가게, 블런트 부대장. 자, 경들,

 이제 내 막사에서 내일의 작전을 상의하도록 합시다.

 이슬이 차고 냉랭하오.

 (모두 막사 안으로 들어간다.)

리처드 왕, 노포크, 랫클리프, 켓츠비,
왕의 막사에 등장

리처드 왕 지금 몇 시냐?

켓츠비 저녁 식사 시간입니다, 폐하.

 아홉 시입니다.

리처드 왕 오늘 저녁 식사는 하지 않겠다.

 잉크와 종이를 좀 가져 오너라.

 그래, 내 투구 끈을 좀 늦춰 놓고….

내 모든 무구는 군막 안에 마련해 놓았겠지?

켓츠비 그렇습니다, 폐하. 만반의 준비가 되었습니다.

리처드 왕 노포크 경, 당장 경의 담당 부서로 가서

　　　믿음직한 보초를 골라 철저히 경비하시오.

노포크 폐하, 그리 하겠습니다.

리처드 왕 노포크 경, 내일 아침

　　　종달새의 울음소리와 함께 기상하시오.

노포크 염려하지 마십시오, 폐하. (퇴장)

리처드 왕 랫클리프!

켓츠비 예, 폐하?

리처드 왕 무장한 전령 한 명을

　　　스탠리 진영에 파견하여 이렇게 전하게 하라.

　　　아들 조지가 영겁의 밤의

　　　껌껌한 구렁텅이 속으로 떨어지게 하고 싶지 않으면,

　　　해뜨기 전에 휘하 병력을 이끌고 출동하라고….

　　　잔에 술을 채워라. 보초를 세워라.

　　　내일 전투에 타고 나갈 것이니,

　　　백마 서리(Surrey)에 안장을 얹어 놔라.

　　　창대는 단단하되 너무 무겁지는 않은 것을 준비해둬라.

　　　랫클리프!

랫클리프 예, 폐하!

리처드 왕 침울해 보이는 노덤벌런드 경을 만나봤느냐?

랫클리프 서리 백작 토머스 경과 함께 해질 무렵에

이 부대 저 부대를 살피고 돌아다니면서

병사들 사기를 진작시키시는 걸 봤습니다.

리처드 왕 그래, 좋다. 술을 한 잔 다오.

왜 그런지 평소와는 달리 활기가 없고,

마음이 영 유쾌하지 않아.

잔을 거기 두게. 잉크와 종이는?

랫클리프 여기 있습니다, 폐하.

리처드 왕 내 막사에 보초를 세워. 이제 물러가라.

랫클리프, 자정 경에 내 막사로 와서

무장하는 것을 거들어 다오. 그럼 물러가라.

(리처드는 막사 안으로 들어가고, 랫클리프와 켓츠비 퇴장.
리치먼드의 군막에 리치먼드와 장교들이 보인다.)

스탠리, 등장

스탠리 그 투구 위에 행운과 승리가 내리기를!

리치먼드 어두운 밤이 제공할 수 있는

온갖 위안이 내 귀한 아버님께 내리시기를!

사랑하는 어머님은 어찌 지내시는지요?

스탠리 네 어미를 대신하여 내가 축복을 내리겠다.

그녀는 리치먼드 네 행운을 위해 계속 기도한다.

그건 그렇고, 시간은 소리 없이 다가와

동녘 하늘의 어두움이 물러가고 있구나.

간단히 말하마. 때가 때이니 만큼

새벽 일찍 전투태세를 갖추고 출동하여

피비린내 나는 공격과 치명적인 전투를 감행하고

그 다음은 운명의 심판에 맡겨라. 난 가능하다면

—그리고 싶어도 그러지 못하는 처지지만—

어떻게 해서든지 사람들의 눈을 속여

승패를 가늠할 수 없는 이 전투에서 널 돕겠다.

하지만 드러내놓고 너를 도울 수는 없는 처지다.

그들이 돕는 걸 눈치 채면 네 어린 동생 조지는

이 아비가 보는 앞에서 처형될 것이니까.

잘 있어라. 이렇게 절박하고 위험한 때에 만나게 되어,

오랫동안 서로 떨어져 있다가 만난

부자 사이의 격식에 맞는 애정 표현도 생략하고

정감에 넘치는 즐거운 대화도 생략해야겠구나.

하느님, 후일 저희 부자가 애정을 나눌 기회를 주소서!

자, 한 번 더, 잘 있어라.

용감하게 싸워라! 그리고 무운을 빈다!

리치먼드 제경들, 아버님을 진영까지 모셔 드리시오.

마음이 착잡하지만 잠시 눈을 붙여야겠소.

승리의 날개에 올라타야 할 내일,

납처럼 무거운 잠에 짓눌려서는 아니 될 것이니까.

제경들과 신사 여러분, 그럼 다시 한 번 안녕히.

(리치먼드 외, 모두 퇴장)

아! 하느님, 저는 부대장이신 당신의 병사이오니,

은총의 눈으로 저의 군대를 보살펴 주소서!
병사들의 손에 분노의 철퇴를 쥐어 주시어
그들이 무겁게 내려치는 철퇴가
찬탈자에게 가담한 적들의 투구를 박살내게 하소서!
저희들을, 죄를 응징하는 당신의 대리인으로 삼으시어
저희들의 승리 속에 당신의 이름을 찬미하게 하소서!
지금 제 눈의 창문을 닫기 전에
깨어 있는 제 영혼을 당신께 맡깁니다.
자고 있든 깨어 있든 늘 저를 보호해주소서! (잠든다.)

양쪽 천막에 번갈아 가면서
헨리 6세의 태자인 에드워드의 유령, 등장

태자 에드워드의 유령 (리처드에게)

내일 네놈 영혼을 무겁게 짓눌러 주겠다!
한창 시절의 나를 튜크스베리에서 찔러 죽인 걸 기억하라.
절망과 죽음이 네놈을 덮치리라! (리치먼드에게)
리치먼드, 기운을 내시오. 학살당한 왕자들의
한 맺힌 영혼들이 당신 편을 들어 싸울 것이오.
리치먼드여, 헨리 왕의 자손이 이렇게 당신을 돕고 있소.

헨리 6세의 유령, 등장

헨리 6세의 유령 (리처드에게)

살아생전 성유가 발라진 내 육신은

네놈에게 난도질당해 치명적인 구멍투성이가

되고 말았다. 런던탑과 나를 기억하라.

절망과 죽음이 네놈을 덮치리라! 이 헨리 6세가

네놈에게 명하노니, 절망 속에 죽어 사라져라!

(리치먼드에게) 덕이 높고 경건한 분, 승리는 당신 것이오.

그대가 왕이 될 걸 예언했던 헨리는

잠자는 그대를 이렇게 격려하고 있소.

살아서 영광을 누리시오!

클래런스의 유령, 등장

클래런스의 유령 (리처드에게)

내일 네놈 영혼을 무겁게 짓눌러 주겠다!

포도주가 가득 찬 통 속에 처박혀 죽은 나는

네놈의 교활한 간계에 빠져 죽은 가련한 클래런스다!

내일 전투에서는 나를 기억하고,

무딘 칼을 그 손에서 떨어뜨리고 말 것이다.

절망과 죽음이 네놈을 덮치리라!

(리치먼드에게) 무참하게 죽은 요크 왕가의 후손들이

랭커스터 가문 후손인 당신을 위하여 기도하고 있소.

착한 천사들이 도와 그대가 전투에서 승리하게 하소서!

살아서 영광을 누리시오!

리버스의 유령, 그레이의 유령, 본의 유령 등장

리버스의 유령 (리처드에게)

내일 네놈 영혼을 무겁게 짓눌러 주겠다!

폼프렛에서 죽은 이 리버스가!

절망과 죽음이 네놈을 덮치리라!

그레이의 유령 (리처드에게) 이 그레이를 잊지 마라.

네놈 영혼은 절망 속에 빠지리라!

본의 유령 (리처드에게) 이 본을 잊지 마라.

네놈이 범한 죄로 떨면서

네놈의 무딘 창을 떨어뜨려라.

절망과 죽음이 네놈을 덮치리라!

세 유령 (리치먼드에게) 눈을 뜨고 보시오!

리처드가 우리에게 범한 죄가

그의 가슴을 찢어 놓고 그를 정복할 테니!

눈을 뜨고 승리의 날을 맞으시오!

헤이스팅스의 유령, 등장

헤이스팅스의 유령 (리처드에게) 잔혹한 죄인아, 잠을 깨고

피비린내 나는 전투에서 최후의 날을 맞아라!

이 헤이스팅스를 잊었느냐?

절망과 죽음이 네놈을 덮치리라!

(리치먼드에게) 조용하고 번민 없는 영혼이여!

눈을 뜨시오, 눈을! 그리고 무기를 들고 싸워

이 멋진 잉글랜드를 위해 승리하시오!

어린 왕자들(에드워드와 요크)의 유령, 등장

두 유령 (리처드에게)

런던탑에서 암살당한 네 조카들의 꿈을 꿔라.

리처드, 네놈 가슴속에서 우리는 납이 되어

네놈을 파멸과 수치와 죽음으로 끌고 가리라!

조카들의 영혼이

네놈이 절망 속에 죽어 사라지도록 하리라!

(리치먼드에게) 주무세요, 리치먼드.

고이 주무시고 즐겁게 깨세요. 착한 천사들이

저 멧돼지 놈의 해악으로부터 당신을 지켜 주리라!

그리고 살아서 자손을 낳아 행복한 왕가를 이루소서!

에드워드 왕의 불행한 아들들이

당신의 번영을 빌고 있나이다.

앤의 유령, 등장

앤의 유령 (리처드에게) 리처드, 네놈 아내,

네 곁에서 한시도 단잠을 자 보지 못한

가련한 네 아내 앤이, 지금 이렇게

네놈 잠을 고통으로 가득 채워 주겠다.

내일 전투에서 나를 생각하고,

무딘 칼을 네놈 손에서 떨어뜨려라!

절망과 죽음이 네놈을 덮치리라!

(리치먼드에게)

조용하고 평안한 영혼이여, 고이 잠드시오.

그리고 성공과 행복한 승리의 꿈을 꾸소서!

적의 아내가 당신을 위해 이렇게 기도드립니다.

버킹엄의 유령, 등장

버킹엄의 유령 (리처드에게) 처음부터

네놈을 도와 네 머리에 왕관을 씌운 것도 나고

끝에 가서 네놈 폭정의 희생이 된 것도 바로 나다.

아! 내일 전투에서 이 버킹엄을 생각하며

네놈이 범한 죄로 인해 떨면서 죽어버려라!

꿈을 꿔라, 꿈을, 잔인한 행위와 죽음의 꿈을….

숨 막힐 듯 절망하라!

그리고 절망 속에 죽어 사라져라!

(리치먼드에게)

당신을 도우려고 했으나 그러지 못한 나요.

하지만 용기를 내고 낙심하지 마시오.

하느님과 천사들이 리치먼드 편에 서서 싸울 것이오.

그러니 리처드는 오만의 절정에서 꼬꾸라질 것이오.

(유령들, 사라진다. 리처드 왕, 악몽에서 깜짝 놀라 깨어난다.)

리처드 왕 다른 말 한필을 다오! 이 상처를 동여매다오!

주여, 자비를 베푸소서! 잠깐, 꿈이었구나!

아, 겁에 질린 양심이여, 왜 이렇게 날 고문하지!

등불이 파리하게 타고 있구나.

지금은 자정인데, 공포로 인해 떨리는 온몸은

식은 땀방울로 흠뻑 젖어 있구나.

무엇이 무섭단 말이냐?

나 자신이? 곁에 아무도 없는데….

리처드는 리처드를 사랑해. 그래, 나는 나야.

자객이라도 들어왔나? 아니야. 내가 바로 살인자야.

그럼 도망쳐. 아니, 내가 내게서 도망친다고?

뭔 큰 이유라도? 복수가 두려워서?

아니! 내가 나 자신에게 복수한다고?

아! 그럴 수는 없어. 나는 날 사랑하니까. 뭣 때문에?

내가 나 자신에게 뭔 좋은 일을 했기 때문일까?

아, 아니 그 반대야! 난 내 자신을 증오해!

가증스런 행동을 저지른 나 자신을 증오해!

난 악당이다. 하지만 악당이 아닌 척하는 거지.

바보야, 자신을 두고 좋게 말해.

하지만 바보처럼 아첨하지 마.

내 양심은 숱한 혓바닥을 갖고 있어.

그 하나하나가 멋대로 이야기를 지어내 지껄이고 있어.

그 하나하나가 나를 악당이라고 비난하고 있어.

위증죄, 최고로 악한 위증죄를 범한 자라고,

살인자, 최고로 잔혹한 살인자라고….

지금까지 범한 온갖 죄악들이,

각기 정도에 따라, 떼를 지어 법정에 몰려와
'유죄다! 유죄다!'라고 외치고 있지 않은가?
이제 난 절망적이야.
날 위해 주는 놈은 하나도 없어.
죽는다고 해도, 나를 동정할 놈은 하나도 없어.
하긴 있을 리가 없지. 나조차도 진절머리가 나는데,
그 어느 누가 나라는 놈을 동정하겠어?
아까 내 막사에 나타난 것들은
내 손에 죽은 이들의 혼령이었는가 봐.
내일 이 리처드의 머리 위에
그들의 복수가 떨어질 것이라고
제각기 입을 벌려 협박하는 투였지.

랫클리프. 등장

랫클리프 폐하!

리처드 왕 제기랄! 누구냐?

랫클리프 폐하, 랫클리프입니다. 바로 접니다.
일찍 깬 마을의 닭이 두 번이나 아침인사를 고했습니다.
병사들은 벌써 일어나 무장했습니다.

리처드 왕 아! 랫클리프, 난 정말 끔찍한 꿈을 꾸었네.
어찌 생각하느냐? 병사들이 설마 배반하지는 않을 테지?

랫클리프 폐하, 절대로 그럴 리가 없습니다.

리처드 왕 아! 랫클리프. 그런데 겁이나, 겁이….

랫클리프 그러지 마십시오, 폐하, 그림자를 겁내지 마십시오.

리처드 왕 사도 바울을 두고 맹세하지만,

오늘밤 보았던 그림자들이

이 리처드의 영혼을 공포의 충격으로

몰아넣었다. 저 애송이 리치먼드가 이끄는

무장한 일만 명의 병사보다 더 무서웠다.

날이 밝아지려면 아직 멀었구나. 자, 함께 나가 보자.

병사들의 막사를 돌면서 엿들어 봐야겠다.

혹시 도주할 모의를 하고 있을지도 모르니….

(모두 퇴장. 리치먼드 깬다.)

옥스퍼드와 귀족들, 등장

귀족들 리치먼드 백작, 밤새 안녕하십니까?

리치먼드 미안하오, 일찍 잠을 깬 여러분.

게으르게 늦잠을 자다가 그만 들키고 말았소.

귀족들 백작, 편히 주무셨습니까?

리치먼드 달콤하게 잤습니다. 게다가

서몽(瑞夢)까지 꾸었답니다. 경들께서 나가신 후

졸린 내 머리 속에 나타난 꿈이지요. 그런데

그 꿈에서 리처드에게 살육당한 분들의 혼백들이

내 막사에 나타나 나의 승리를 부르짖은 것 같았답니다.

그 좋은 꿈에 대한 기억 때문에

내 영혼이 매우 유쾌해졌다는 걸 말씀드리겠소.

경들, 날이 샌 모양인데 지금 몇 시쯤 되었소?

귀족들 네 시를 쳤습니다.

리치먼드 아, 그럼 무장을 하고 명을 내려야할 시각이군요.

(휘하 병사들에게 연설)

친애하는 병사들이여, 난 이미 말했소.

사정이 절박한 만큼 자세히 설명할 여유가 없소.

하지만 모두들 이것만은 기억하시오

신과 대의명분이 우리 편에 가담하여 싸우고 있소.

경건한 성자들과 박해당한 혼백들의 기도가

높이 쌓아올린 성벽처럼 우리 앞을 방어하고 있소.

우리와 싸우는 적들도 리처드를 제외하고는 모두

리처드가 아니라 우리의 승리를 기원하고 있소.

그들이 어쩔 수 없이 따르는 리처드는 어떤 자요?

학살을 자행한 잔혹한 독재자 아니오?

타인의 피를 흘려 출세하고 왕에 된 자가 아니겠소?

왕관을 얻기 위해 수단과 방법을 가리지 않았고,

자신을 돕고 하수인으로 이용한 이들까지 죽인 자 아니요?

천한 돌멩이만도 못한 주제에

부정한 방법으로 얻은 잉글랜드의

왕좌의 은박 덕에 보석 행세를 하는 자,

하느님을 적으로 삼아 그분과 싸우는 자가 아니요?

그럼 여러분은 하느님의 적과 싸우는 것이오.

그러니 정의로운 그분께서

그분 적들과 싸우는 우리를 지켜주실 것이오.

여러분이 전심전력을 다하여 폭군을 타도하면

그자가 죽은 후 여러분은 모두

평화롭게 잠들 수 있을 것이오.

여러분이 조국의 적들에 대항하여 싸운다면

번영을 누리게 될 조국이 여러분 노고에 보답할 것이오.

아내를 지키기 위해 싸우는 여러분을

여러분 아내들이 승리자로서 맞이할 것이오.

압제의 칼날에서 자식들을 해방시키려는 여러분이 늙으면,

자자손손 여러분의 은혜를 보답할 것이오.

자, 그럼 하느님과 이 모든 대의명분의 이름으로

기꺼이 깔을 빼어들고 군기를 휘날리며 진격합시다.

용기가 필요한 이 거사에 내 몸을 걸겠소.

실패하면 이 차디찬 대지 위에

내 싸늘한 시체를 눕히겠소. 이 거사에 성공하면,

여러분 각자에게 합당한 상을 내리겠소.

자, 이제 용감하게 북을 치고 우렁차게 나팔을 불어라!

하느님, 그리고 성자 조지여! 리치먼드에게 승리를! (모두 퇴장)

리처드 왕과 랫클리프, 수행원들과 병력을 거느리고 다시 등장

리처드 왕 노덤벌런드는 가련한 리치먼드를 두고 뭐라 하더냐?

랫클리프 전투 경험이 전혀 없는 자라고 하셨습니다.

리처드 왕 그래, 맞는 말이다. 그럼 서리 경은 뭐라고 하더냐?

랫클리프 웃으면서 말씀하셨죠. "우리 쪽에 잘된 일"이라고….

리처드 왕 그래, 그 또한 틀리지 않은 말이다. 정말 그렇다.

(시계 치는 소리) 몇 번을 치고 있느냐?

달력을 가져 오너라.

누구 오늘 해 뜨는 걸 보지 못했느냐?

랫클리프 폐하, 전 보지 못했습니다.

리처드 왕 그럼 해가 나타나지 않을 모양이군.

역서(曆書)에 따르면 해가 한 시간 전에

동녘을 찬란하게 밝혀야 했다.

오늘은 누구에게나 어두운 날이 되겠구나. 랫클리프

랫클리프 폐하, 뭐라고요?

리처드 왕 오늘은 해가 나타나지 않을 것이란 말이다.

하늘이 잔뜩 미간을 찌푸리고

우리들의 진영을 내려 보고 있어.

대지에 축축한 눈물을 뿌리지 않았으면 좋겠는데….

오늘은 해가 나타나지 않아!

내게 나타나지 않는 해가 리치먼드에겐들 나타나겠는가?

미간을 찌푸리고 나를 보는 그 해가

리치먼드도 슬프게 바라보고 있겠지

노포크, 등장

노포크 폐하, 무장하십시오. 적이 당당하게 진격하고 있습니다.

리처드 왕 자, 출정하라, 출정! 내 말에 마구를 채워라.

스탠리 경에게 가서 휘하 병력을 이끌고 오라고 전해라.

나도 병사들을 거느리고 싸움터로 가겠다.

내가 생각하는 작전은 이러하다.

전위대는 횡렬로 전투 대형을 갖추고

기병과 보병은 같은 수가 되도록 배치한다.

궁수는 진영의 중앙에 배치하라.

노포크 공작은 보병의 지휘를 맡고

서리 백작은 기병의 지휘는 맡으시오.

지시한 대로 병력이 배치되면,

나는 주력부대를 이끌고 그 뒤를 따를 것이오.

양쪽 날개에는 우리 최강의 기병이 배치될 것이오.

그리고 성자 조지의 가호가 보태질 것이오.

어찌 생각하오, 노포크 경?

노포크 훌륭한 작전입니다, 용맹하신 폐하.

그런데 실은 오늘 아침 제 막사에서 이것을 발견했습니다.

(두루마리를 내민다.)

리처드 왕 "노포크 경, 너무 설치지 마시오,

당신 주인 리처드는 이미 배신당한 몸이니까."

이건 적이 꾸민 책략이야.

자, 모두들 각자 자기 부서로 가라.

거품 같은 꿈에 영혼이 주눅들 필요는 없다.

양심이란 말은 겁쟁이들이 쓰는 말이다.

원래 강자를 놀라게 하기 위해 만든 말이다.

우리들의 억센 팔이 곧 양심이다.

칼이 곧 법이다. 자, 진격하자!

용감하게 진격하여 난장판으로 만들어라.

천당에 가지 못할 바엔

손을 맞잡고 지옥으로 가는 거다. (휘하 병사들에게 연설)

이미 충분히 말했으니 뭔 말을 더하겠는가?

하지만 모두들 기억하라.

제군들이 싸우는 적이 어떤 놈들인가를….

적들은 원래 부랑자, 악당, 탈주자들이다.

브리턴의 불량배요 천하고 비굴한 농사꾼들이다.

패할 게 분명한데도 죽기를 각오하고

사람들로 넘치는 그 땅에서 뛰쳐나온 놈들이다.

놈들은 편히 잠자는 제군들을 불안하게 하고 있다.

놈들은 여러분의 토지를 약탈하고, 아름답고

축복받은 여러분 아내를 겁탈하려고 하고 있다.

더군다나 놈들을 지휘하고 있는 자는,

어머니의 재산으로 오랫동안

브리턴에서 연맹해 온 하찮은 놈이 아니더냐?

생전에 신발로 눈 속을 걸어본 정도의 추위밖에

겪어본 적이 없는 졸장부가 아니더냐?

그런 부랑자들을 매질하여

다시 바다 건너로 쫓아버리자. 누더기를 걸친

프랑스의 이 오만한 놈들을 매질하여 쫓아버리자.

굶주리고 삶에 지친 이 거지같은 놈들을….

가련한 쥐새끼 같은 놈들은 먹을 게 없다.

이런 바보짓을 꿈꾸지 않았다면,

벌써 목을 매서 자살했을지도 모른다.

당한다고 해도 인간 같은 놈들에게 당해야지,

이 브리턴의 사생아 놈들에게 당해서야 되겠는가?

우리들 조상이 놈들 나라를 쳐들어가서

난타하고 유린하여, 놈들에게

치욕의 자손이란 역사적 기록을 남겨 놓지 않았느냐?

그런 놈들이 우리 조국을 유린하는

재미를 보게 할 순 없지 않느냐? 놈들이

우리들 아내와 잠자리를 같이 해도 괜찮단 말이냐?

놈들이 우리 딸들을 능욕해도 괜찮단 말이냐?

(멀리서 북 소리) 들어 봐라! 놈들의 북 소리다!

싸워라, 잉글랜드의 용사들이여! 싸워라,

용감한 병사들이여! 당겨라, 궁수들이여!

활시위를 머리 위에 겨누고 활을 당겨라!

늠름한 군마에 박차를 가하고 맹렬히 돌격하라!

부러진 창대로 하늘을 놀라게 하라!

사자, 등장

리처드 왕　스탠리 경은 뭐라고 하는가?

병력을 거느리고 오는가?

사자 폐하, 오기를 거절합니다.

리처드 왕 그의 자식 놈 조지의 목을 베라!

노포크 폐하, 적이 늪을 건넜습니다.

전투가 끝난 후 조지 스탠리를 처형하십시오.

리처드 왕 내 가슴속에 천 개의 심장이 고동치고 있다.

군기를 앞세우고 돌진하라! 적을 덮쳐라!

옛날부터 용감한 성자이신 조지여, 제 병사들에게

열화 같은 용의 분노를 불어 넣어 주소서!

적을 공격하라! 승리는 우리 투구 위에 있다!

모두 퇴장

4장

보즈워스 필드의 다른 곳

요란한 북 소리. 교전 중. 노포크 경과 휘하 병력 등장.
켓츠비, 노프크 경에게 간다.

켓츠비 노포크 경, 원병을 보내주시오! 원병, 원병!

폐하께서는 인간 이상으로 분투하십니다.

온갖 위험을 무릅쓰고 적들을 물리치고 계십니다.

타던 말이 죽자 맨땅에서 싸우고 계십니다.

리치먼드를 찾으러 죽음의 아가리에라도 가실 기세입니다.

원병을 보내주십시오. 아니면 오늘 끝장입니다!

요란한 북 소리. 리처드 왕, 등장

리처드 왕 말, 말을! 왕국을 줄 테니, 말 한필을 다오!

켓츠비 들어가십시오, 폐하. 말 구하는 걸 돕겠습니다.

리처드 왕 이놈아, 이번 주사위 패에 생사를 건 나다.

죽을 위험에 처하더라도 절대 물러서지 않을 것이다.

전쟁터에 리치먼드라는 놈이 여섯이나 있는 것 같구나.

벌써 다섯 명을 죽였는데, 다 대역이었어.

말, 말을! 왕국을 줄 테니, 말 한필을 다오![45] (모두 퇴장)

요란한 북 소리. 리처드와 리치먼드, 각기 반대편에서 등장.
서로 싸우면서 퇴장. 퇴각 나팔 소리.
리치먼드, 다시 등장. 스탠리, 왕관을 들고 등장.
기타 귀족들과 병사들, 등장

리치먼드 승리의 병사들이여, 하느님과 그분의 군대를 찬양하라!

오늘 승리는 우리 것이 되었고, 그 잔인한 개는 마침내 죽었소.

스탠리 훌륭하게 싸우신 용맹한 리치먼드여!

보십시오! 여기, 오랫동안 찬탈 당했던 왕관이 있습니다.

당신 이마를 아름답게 꾸미기 위해

죽어 시체가 된 이 잔인한 놈의 이마에서 벗긴 것입니다.

자, 이 왕관을 쓰고 성군이 되시어 영광을 누리십시오.

리치먼드 하늘에 계신 위대한 하느님, 우리 모두를 살펴주소서!

그런데 조지 스탠리의 생사는 어찌 되었소?

스탠리 폐하, 그는 지금 레스터에 무사히 있습니다.

허락하신다면 그곳으로 물러날까 합니다.

리치먼드 쌍방의 전사자들 이름은?

스탠리 노포크 공작, 월터 페러즈 경, 로버트 브래켄베리 경,

그리고 윌리엄 브랜던 경 등등입니다.

리치먼드 각자의 신분에 맞게 시신을 묻어주시오.

포고를 내리시오. 도주하는 적이라도

투항하고 귀순하는 자가 있다면 사면하겠다고….

이미 내가 선언했듯이,

백장미와 흑장미, 두 가문을 결합하겠소.

오랜 세월 반목해 왔던 두 가문에게

미간을 찌푸리셨던 하늘도,

이 아름다운 두 가문의 화해에 미소를 지으소서!

이 말에 동의하지 않을 역적이 어디 있겠소?

잉글랜드는 오랜 세월 미치광이처럼

제 몸에 상처를 입혀 왔었소.

형제들이 눈이 멀어 형제끼리 피를 흘렸고,

아비는 분별없이 제 자식을 살해했으며,

자식 또한 어쩔 수 없이 제 아비를 살해했소.

이 모든 게, 무서운 불화로 인해 갈라진

요크 가문과 랭커스터 가문의 갈등 때문이었소.

아! 이제 공정하신 하느님의 법으로,

두 왕가의 진정한 계승자인 리치먼드와

엘리자베스 공주를 결합하게 하소서!

하느님이시여, 당신께서 허락하신다면,

평온한 평화와 미소 짓는 풍년과 멋진 번영의 날들로

자손만대까지 이 나라가 풍요를 누리게 하소서!

인자하신 주님이시여,

또다시 피비린내 나는 싸움을 유발하여,

이 가련한 잉글랜드가

유혈의 강 속에서 울게 하려는 역적들이 있다면,

그 칼날을 무디게 하소서! 또한 반역으로

이 아름다운 나라의 평화에 상처를 내려는 자들이 살아남아,

이 땅에서 번영을 누리지 못하도록 하소서!
이제 내란의 상처가 아물고,
평화가 다시 소생하였노라! 하느님이시여,
여기 이 땅에서 자자손손 평화를 누리게 하소서!

모두 퇴장

● 주

1. 에드워드 3세의 장남인 흑태자 에드워드가 전사하자, 그의 아들인 리처드가 왕위에 오른다. 그러나 랭커스터 가문의 볼링브로크(에드워드 3세의 셋째 아들인 곤트의 존 아들)는 사촌인 리처드 2세(에드워드 3세의 장남의 아들)을 폐위시키고 헨리 4세에 등극한다. 이 작품에서 다루고 있는 에드워드 4세(에드워드 3세의 넷째 아들인 제1대 요크 공작 에드먼드의 손자)와 리처드 3세(에드워드 4세의 동생), 그리고 헨리 6세(헨리 4세의 손자)는 모두 에드워드 3세의 고손자들이다. 그러므로 이 작품은 에드워드 3세 후손들의 왕권다툼을 그리고 있다. 글로스터 공작 리처드는 지금 자신의 형인 요크 가문의 에드워드가 랭카스터 가문의 헨리 6세를 물리치고 잉글랜드의 왕에 등극한 사건을 언급하고 있다.

2. 랭커스터 가문의 헨리 6세를 격파하고 잉글랜드 왕위에 오른 요크 가문의 에드워드 4세. 왕이 되어 도시와 지방의 중산층과 제휴하여 제후(諸侯)의 세력을 견제하는 한편, 재정기구를 정비하여 왕실 재정을 튼튼히 하는 등 왕권의 신장에 주력하였으나, 어린 아들(에드워드 5세)를 남겨 두고 사망했다.

3. 에드워드 4세의 동생이요 장차 왕이 될 꼽추인 글로스터 공작 리처드의 형으로 글로스터의 모함으로 처형된다. 공식 명칭은 클래런스 공작 조지(George, Duke of Clarence).

4. 엘리자베스 왕비의 전 남편은 존 그레이 경으로 그와의 사이에서 그레이 경과 도셋 후작을 낳았다. 앤터니 우드빌은 그녀의 오빠인 리버스 백작이다.

5. 헤이스팅스는 클래런스 공작을 제왕의 상징인 독수리로 비유하며, 왕비의 측근들을 솔개와 말똥가리로 비유한다.

6. 앤 네빌(Anne Neville)은 워릭 백작의 막내딸로, 헨리 6세의 며느리이며 황태자 에드워드의 미망인이다. 1470년 에드워드와 약혼했지만, 에드워드는 결혼 전에 사망했다. 그러므로 에드워드가 그녀의 남편이고 앤이 그의 미망인이란 표현은 적절하지 않다. 그러나 셰익스피어는 앤을 에드워드의 미망인으로 간주한다. 에드워드 4세는 당시 "킹메이커"라고 불린 워릭 백작의 도움으로 왕위에 올랐다. 한때 워릭과의 불화로 네덜란드로 망명, 헨리 6세가 복위하였으나 얼마 되지 않아서 귀국하여 워릭과 헨리 6세를 무찌르고 다시 왕위에 올랐다. 에드워드 4세의 동생인 글로스터 공작 리처드도 왕이 되기 위해 당시 왕좌를 좌지우지 했던 워릭 집안의 딸인 앤

을 필요로 했던 셈이다.

7. 차트시(Chertsey)는 런던 근처에 있는 수도원이다. 헨리 6세는 1471년 사망했고, 그의 시신은 세인트 폴(St. Paul) 성당에 안치 되었다. 그러고는 다시 차트시의 수도원으로 옮겨졌다.

8. 헨리 2세(Henry II, 재위 1154~1189)로부터 플랜태저넷 왕조가 시작되었고, 이 왕조에서 여덟 명의 잉글랜드 왕(리처드 1세, 존, 헨리 3세, 에드워드 1세, 에드워드 2세, 에드워드 3세, 리처드 2세)이 나왔다. 사망한 흑태자의 동생 존 오브 곤트(John of Gaunt)의 아들인 랭커스터 공작 볼링브로크는 1399년, 사촌인 리처드 2세를 폐위시키고 랭카스터 왕가 출신의 첫 번째 잉글랜드 왕(헨리 4세)이 되었다. 에드워드 3세의 손자인 헨리 4세는 리처드 2세의 사촌이다. 헨리 4세의 통치 이후 그를 지지하는 랭커스터파와 에드워드 3세의 막내아들의 손자인 요크 공 리처드를 지지하는 요크파가 대립하여 장미전쟁(1455~1485)으로 이어진다. 헨리 4세의 아들인 헨리 5세와 손자인 헨리 6세(재위 1422~1461, 1470~1471)가 차례로 왕위를 계승했다. 그러나 1461년 요크파가 승리하여 헨리 6세가 망명하고 요크 가문의 에드워드 4세(Edward IV, 재위 1461~1470, 1471~1483)가 보위에 올라 왕조는 에드워드 5세(1470-1483, 재위 1483년 4~6월), 리처드 3세(Richard III, 재위 1483~1485)로 이어진다. 글로스터 공작 리처드는 어린 조카 에드워드 5세의 왕위를 찬탈하고 리처드 3세에 오르지만, 헨리 7세(Henry VII, 재위 1485~1509)에게 패해 요크파의 통치는 끝이 난다. 그리하여 헨리 2세가 개창한 플랜태저넷 왕조의 통치는 리처드 3세에서 끝나고, 랭커스터 가문의 외손인 헨리 7세가 튜더(Tudor) 왕조를 개창한다. 앤은 헨리 6세의 아들인 황태자 에드워드의 미망인으로 "킹메이커"로 불리던 워릭 백작의 딸이다.

9. 글로스터 공작 리처드는 앤의 남편인 에드워드 황태자와 앤의 시아버지인 헨리 6세를 죽인 인물이다. 앤이 글로스터에게 남편과 시아버지를 죽인 사람이라고 비난을 퍼붓지만, 그는 앤에게 능청스럽고 끈질기게 구혼하고 결혼한다.

10. 바실리스크는 쳐다보거나 입김을 부는 것만으로도 사람을 죽일 수 있다는, 뱀과 같이 생긴 전설상의 괴물.

11. 런던의 카르멜회 수도원이 있는 곳. 카르멜회는 계율이 엄격한 수도회로 12세기에 십자군 병사인 베르톨드(Berthold)가 카르멜 산에서 공동 수양 생활을 한 것에 비롯된 명칭이다. 초기에는 주로 묵상 생활에 전념했으나 현재는 교육과 선교 사업

을 하고 있다.

12. 리버스 경은 엘리자베스 왕비의 동생이며, 그레이 경은 왕비의 전 남편인 존 그레이 경의 아들이다.

13. 리치먼드 백작 부인은 마가렛 보퍼트(곤트의 존의 증손녀요 존과 캐서린의 아들 존 보퍼트의 손녀)로 제 1대 리치먼드 백작인 에드먼드 튜더의 아내요 헨리 7세가 된 리치먼드의 어머니이다. 헨리 튜더가 사망한 후 스탠리 경과 결혼한다. 그러므로 스탠리는 헨리 7세의 계부이다.

14. 여기서 할머니란 베드포드(Bedford) 공작부인이었던 자키타(Jacquetta)를 말한다. 글로스터는 그녀가 시골 지주인 리처드 우드빌(Richard Woodeville)과 결혼한 것을 두고 비아냥거리고 있다. 그레이 경과 결혼한 적이 있던 엘리자베스는 1464년, 그녀보다 5살 연하인 22세의 독신 청년 에드워드 4세와 재혼하여 후에 에드워드 5세가 된 아들을 낳았다.

15. 마가렛 왕비는 헨리 6세의 미망인으로 헨리 6세를 죽인 에드워드 4세의 왕비 엘리자베스와 적대적인 관계에 있다. 흥미로운 점은 그녀가 며느리인 앤과도 원래는 적대 관계에 있었다는 점이다. 앤의 아버지 워릭(Warwick) 백작이 1461년 세인트 올번스 전투에서 요크 편의 수장이었기 때문이다.

16. 엘리자베스 왕비는 1464년 에드워드 4세와 결혼하기 전 전 남편인 그레이 경과의 사이에서 도셋 후작과 그레이를 낳았다.

17. 세인트 올번스는 런던 북서쪽 약 30km 지점의 하트퍼드셔 카운티(Hertfordshire county)에 있는 도시. 영국의 첫 순교자였던 세인트 올번스의 이름을 딴 지명이다. 948년 대수도원장 울시누스가 성 스테파노, 성 미가엘, 성 베드로라는 3개의 성당을 건립했던 곳이다. 국왕과 귀족의 방문이 잦았던 곳이며 1213년 이곳에서 마그나카르타의 초고가 다듬어졌다. 헨리 6세가 이 세인트 올번스에서 벌어진 전투에서 체포되었다가 마가렛 왕비가 이끄는 군대에 의해 구출되었지만, 마침내 런던탑에 수감되어 죽는다. 엘리자베스 왕비의 전 남편인 그레이 경은 랭커스터 편에 서서 싸우다가 1461년 세인트 올번스 전투에서 전사했다.

18. 클래런스는 워릭 백작의 딸인 이사벨라 네빌(Isabella Neville)과 결혼하기 위해 당시 워릭과 불화 관계에 있던 형 에드워드를 배반했다. 그러고는 장인인 워릭을 배반하고 다시 요크 편을 들었다. 1461년 세인트 올번스 전투에서 워릭 백작은 요크파의 수장으로 헨리 6세를 무찔렀고, 에드워드 4세는 워릭 백작의 도움으로 왕위

에 올랐다. 그러나 그는 한때 워릭과의 불화로 네덜란드로 망명하고 헨리 6세가 복위하였다. 이제 워릭과 헨리 6세가 한 편이 된 것이다. 에드워드는 다시 귀국하여 워릭과 헨리 6세를 무찔렀다. 워릭 백작은 또한 헨리 6세와 마가렛 왕비의 며느리인 앤 네빌의 아버지이다. 1472년, 아들 없이 죽었던 워릭 백작의 타이틀은 맏딸 이사벨라의 남편인 클래런스 공작 조지 플랜테저넷(George Plantagenet, 1st Duke of Clarence)에게 승계된다.

19. 마가렛은 여기서 'gentle villain'이란 구절을 반어적으로 사용한다. 글로스터 공작 리처드는 귀한 혈통으로 태어났지만 악한 자이기 때문이다.

20. 러틀랜드(Rutland) 에드워드는 글로스터의 형으로 웨이크필드(Wakefield) 전투에서 어린 나이에 마가렛 왕비의 친척인 클리포드(Clifford) 손에 죽었다.

21. 에드워드 4세는 에드워드 3세의 막내아들(요크 공)의 손자였다. 프랑스와의 싸움에서 잉글랜드는 에드워드 3세의 장남인 흑태자 에드워드의 분전으로 크레시전투(1346)와 푸아티에전투(1356)에서 승리를 거두고, 브레티니 화약(1360)에서는 서남 프랑스와 칼레의 영유권을 인정받았다. 흑태자가 전사하자 그의 아들인 리처드가 왕위에 오른다. 랭커스터 가문의 볼링브로크는 사촌인 리처드 2세를 폐위시키고 헨리 4세에 등극한다. 그는 에드워드 3세의 셋째 아들인 곤트의 존 아들이고, 리처드 2세는 에드워드 3세의 장남의 아들이다. 에드워드 4세의 아버지인 제3대 요크 공작 리처드 플랜태저넷(Richard Plantagenet, 3rd Duke of York, 1411~1460)는 정신 질환이 있었던 헨리 6세의 섭정을 맡기도 했다. 에드워드 3세의 증손자이고, 에드워드 3세의 넷째 아들 에드먼드 공작의 손자이며, 에드먼드 공작의 둘째 아들 코니스버러의 리처드와 앤 모티머의 아들이다. 조부인 랭리의 에드먼드는 에드워드 3세의 넷째 아들로, 랭커스터 왕가 측의 곤트의 존의 동생이었다. 따라서 부계로 따지자면 에드먼드보다 곤트의 존이 서열이 우선하나, 리처드 플랜태저넷은 자신이 모계(모티머의 앤)로도 에드워드 3세의 후손이라는 점을 주장하여 랭커스터 왕가보다 왕위계승권 서열이 높다고 주장했다. 1460년 웨이크필드 전투에서 42세로 사망했다. 이 작품이 다루고 있는 에드워드 4세와 헨리 6세는 모두 에드워드 3세의 고손자로 서로가 왕위 계승권을 주장할 수 있는 위치에 있다. 정신 질환을 앓고 있었던 헨리 6세는 1461년, 8촌인 리처드 플랜태저넷의 장남인 요크 공작 에드워드에 의해 폐위되어 구금당하고, 요크 공작은 에드워드 4세에 등극했다. 1470년 헨리 6세는 자신의 왕위를 되찾았으나 반년도 되지 못해 에드워드 4세

에 의해 다시 폐위되었다. 1471년 구금 상태에서 죽은 지 17일 후 그의 아들인 웨스트민스터의 에드워드도 튜크스베리 전투에서 죽어 곤트의 존에서 시작된 랭커스터 왕가는 대가 끊어지고 말았다.

22. '웨일즈 왕자'(Prince of Wales)는 잉글랜드 황태자의 공식 명칭이다. 앙주의 마가렛과 헨리 6세의 장남 공식 명칭은 황태자 웨스터민스터의 에드워드(Prince of Wales, Edward of Westminster, 13 October 1453~4 May 1471)인데, 튜크스베리 전투(Battle of Tewkesbury)에서 사망하여 그의 약혼자인 앤 네빌은 미망인이 된다. 에드워드 4세의 장남 명칭도 황태자 에드워드이다. 헨리 6세의 미망인인 마가렛 왕비는 여기서 엘리자베스 왕비의 아들 에드워드가 급사해 버리라고 저주를 퍼붓지만 황태자 에드워드는 에드워드 4세 사망 후 어린 나이에 에드워드 5세에 등극한다. 그러나 섭정직을 맡은 글로스터 공작은 그의 왕위를 찬탈하고 에드워드 5세는 어린 나이에 죽는다. 마가렛 왕비의 저주가 실현된 셈이다.

23. 이 당시의 속담에서, 눈에서 눈물 대신 "맷돌이 떨어진다"는 것은 매우 잔혹한 성격이라는 뜻이다.

24. "음성은 국왕 폐하의 것"이라는 말은 왕의 재가를 얻고 글로스터가 준 영장에 따라 클래런스를 죽인다는 말이다.

25. 여기서 "당신 주군의 아들"이란 랭커스터 가문의 군주인 헨리 6세의 아들 황태자 에드워드를 말한다. 클래런스는 장인인 워릭 백작과 헨리 6세에게 충성 맹세를 한 적이 있는데, 자객들은 이들에 대한 클래런스의 배반을 비난한다.

26. 제 2대 버킹엄 공작인 헨리 스태포드(Henry Stafford, 2nd Duke of Buckingham)는 에드워드 4세의 왕비 엘리자베스(Queen Elizabeth Woodville)의 여동생인 캐서린 우드빌(Catherine Woodville)과 결혼했다. 그러나 1483년 에드워드 4세가 사망한 후, 처형인 엘리자베스가 에드워드 5세의 섭정직을 두고 글로스터 공작 리처드와 반목할 때, 그는 리처드의 편을 들었다. 하지만 마침내 리처드를 배반하고 헨리 7세가 된 헨리 튜더(Henry Tudor) 편을 들었다. 에드워드 4세와 리처드 3세의 사촌이다.

27. 메르쿠리우스(Mercurius)는 로마 신화에서 상업 · 웅변 · 사자(使者)의 신(神). 그리스 신화의 헤르메스(Hermes)에 해당. 영어명은 머큐리(Mercury).

28. 토머스 본 경(Sir Thomas Vaughan, 1410~1483)은 1461년부터 에드워드 4세를 섬긴 웨일즈의 정치가. 리처드 3세가 된 글로스터 공작에 의해 1483년 처형되었다.

29. 중세 도덕극(Morality Play)은 인간 정신의 특징들을 의인화하여 등장인물로 삼고,

주로 인간의 영혼을 두고 벌어지는 유혹과 구원의 문제를 다루면서 도덕적 교훈을 전달하는 우화극인데, 악덕(Vice)과 미덕(Virtue)이 주요 등장인물이다.

30. 쇼어 부인은 에드워드 4세의 정부였지만, 에드워드가 죽은 후 엘리자베스 왕비와 전 남편의 자식인 그레이 경의 정부가 되었고, 후에는 헤이스팅스 경의 정부가 되었다.

31. 멧돼지는 글로스터 공작 리처드의 군기에 그려진 문양이다.

32. 글로스터는 에드워드 4세의 처인 엘리자베스 왕비와 에드워드의 정부인 쇼어가 공모해서 요술로 자신의 몸을 불구로 만들었다고 탄핵하고, 헤이스팅스를 그들과 공모한 반역자로 몰아세우면서, 즉시 "놈의 목을 쳐라!"(Off with his head!)고 명한다. 인구에 회자되는 유명한 표현이다. 랫클리프는 헤이스팅스에게 "참회를 짧게 하라"(make a short shrift)고 말하고 즉시 그를 처형한다. 글로스터는 헤이스팅스를 반역자로 몰아 처형하면서, 자신에게 동조하지 않는 자가 어떻게 되는지를 보여주는 본보기로 삼는다.

33. 글로스터 공작 리처드가 형 에드워드 4세의 용모가 전혀 부친을 닮지 않았다는 점을 강조하면서, 부친이 프랑스 전투에 출정했을 때 공작부인이 밴 사생아라고 주장하는 것을, 리처드가 자신에게 유리한 상황으로 만들려는 술책으로 간주할 수 있다. 하지만 분명하게 증명되지는 않았지만 그의 주장은 당대에 계속 떠돌던 소문이었고, 역사학자들도 계속 논쟁을 벌이는 부분이다.

34. 부친의 용모를 닮지 않았던 에드워드 4세의 출생에 관련된 소문과 그의 아들 황태자 에드워드가 정실부인의 소생이 아니라는 주장은 리처드의 조작된 술책의 일환이지만, 이 소문과 더불어 에드워드 4세가 잉글랜드가 아닌 프랑스 북부의 루앙(Rouen)에서 태어났고 거기서 세례를 받았다는 사실은 많은 오해를 불러일으켰다. 그리고 이후 국왕 에드워드 4세의 정통성을 두고 벌어졌던 많은 논쟁의 근거가 되었다. 토머스 모어(Thomas More)의 주장에 따르면, 에드워드 4세가 엘리자베스 우드빌과 비밀리에 결혼하자 이미 루시(Lucy)가 에드워드의 자식을 밴 사실을 알고 있던 어머니인 요크 공작부인은 역정을 내면서 엘리자베스를 거부하고 루시를 아들의 법적인 배우자로 인정했다. 에드워드 4세는 엘리자베스와의 결혼에 앞서 루시뿐만 아니라 엘리너어 탈봇(Lady Eleanor Talbot, 1436~1468)과도 약혼한 사이였다. 또한 프랑스 루이(Louis) 11세의 왕비 샬롯(Charlotte of Savoy)의 동생이었던 보나(Bona of Savoy, 1449~1503) 또한 에드워드의 약혼자였다. 에드워드 4세의 이런 방탕한 생활과 약혼의 파기, 그리고 엘리자베스와의 비밀 결혼 등이 글로스터 공작

리처드가 태자 에드워드의 정통성을 두고 시비를 불러일으킬 빌미를 주었다.

35. 헨리 6세의 미망인인 마가렛 왕비의 며느리였던 앤은 현재 글로스터 공작 리처드
    의 아내가 되어 요크 공작부인의 며느리이자 엘리자베스 왕비의 동서가 되었다.

36. 헨리 6세의 이복동생인 에드먼드 튜더와 존 곤트(헨리 4세의 아버지)의 증손녀인
    마가렛 보퍼트 사이에서 태어난 리치먼드 백작은 1471년 튜크스베리 전투에서 에
    드워드 4세에게 패한 후 브리타니(Brittany)에 피신해서 살고 있다. 여기서 엘리자
    베스 왕비는 자신의 전 남편 존 그레이 경과의 소생인 도셋을 리치먼드에게 가라
    고 종용한다. 리치먼드는 1485년 보즈워스 전투에서 리처드 3세를 격파하고 헨리
    7세에 등극하며, 엘리자베스 왕비의 딸인 요크의 엘리자베스와 결혼한다. 이 작품
    의 등장인물로 리처드에게 대항하는 스탠리는 리치먼드의 계부이다.

37. 코커트리스(cockatrice)는 한 번 노려보기만 해도 사람이 죽는다는 전설상의 뱀.

38. 리처드 3세가 현재의 아내인 앤을 죽이고 결혼하기를 바라는 상대는 에드워드 4세
    의 딸이요 황태자의 누이인 엘리자베스 공주이다. 그러나 요크 왕가의 엘리자베스
    공주는 1485년 보즈워스 전투에서 리처드 3세를 물리친 랭카스터 왕가의 리치먼
    드 튜더와 결혼한다.

39. 여기서 스탠리의 아내 전 남편이란 에드먼드 튜더이다. 리치먼드는 그와 마가렛 보
    퍼트의 소생으로 후에 리처드 3세를 격파하고 헨리 7세에 등극한다. 스탠리는 리
    치먼드의 계부이다.

40. 플랜태저넷 왕가에서 뻗어 나온 요크 왕가의 황태자 에드워드(에드워드 5세와 엘
    리자베스 왕비의 아들이요 요크 공작부인의 손자)의 죽음으로 플랜태저넷 왕가에
    서 뻗어 나온 또 다른 왕가인 랭커스터 왕가의 황태자 에드워드(헨리 6세와 마가
    렛의 아들) 죽음의 대가를 치르라는 말이다.

41. 엑서터 주교(Bishop of Exeter)는 에드워드 코트니 경(Sir Edward Courtney)의 형
    제가 아니라 사촌이다. 셰익스피어의 오류이다.

42. 만영절(All-Souls' day)은 11월 2일로 모든 죽은 이들의 영혼을 기리는 날이다. 이
    날에는 죽은 자들이 살아있는 자들과 말할 수 있다고 믿었다.

43. 2막 1장에서 버킹엄은 왕 앞에서 다음과 같이 맹세한 바 있다. "이 버킹엄이 왕비마
    마께 원한을 품는다면, 마마와 마마의 친족들을 충성을 다해 사랑하지 않는다면, 가
    장 큰 우정을 기대하는 친구들에게 미움을 사게 되는 신의 벌을 내리소서! 그리고
    친구의 도움이 절실할 때, 그를 가장 신뢰하는 친구라고 확신하고 있을 때, 음험하

고 속이 비고 믿을 수 없고 기만으로 가득 찬 자가 되어 저를 배반하게 하소서!"

44. "왕이란 명칭은 적을 위압하는 견고한 망대"(the king's name is a tower of strength)라는 구절은 자주 인용되는 유명한 표현이다. 리치먼드 백작의 군대와 전투를 벌이고 있는 리처드 3세는 그의 병력보다 세 배나 되는 병력을 갖고 있음에도 불구하고 불안하다. 그리하여 그는 자신이 가진 왕이란 칭호 자체가 막강한 영향력을 행사할 수 있는 난공불락의 견고한 망대라고 말하면서 스스로를 달랜다. 그러나 다음 날 보즈위스 전투에서 리치먼드는 리처드 군을 대파하고 헨리 7세에 올라 튜더 왕조를 개창한다. 왕이란 명칭도 폭군 찬탈자인 리처드를 지켜주는 적을 위압하는 견고한 망대가 될 수 없었던 것이다.

45. 리처드 3세는 리치먼드에게 곧 죽게 될 운명이다. 리처드는 궁지에 몰린 자신의 다급한 심정을 "왕국을 줄 테니, 말 한필을 다오!"(my kingdom for a horse!)라는 절박한 구절에 담아 표현한다. 이 보즈위스 전투의 패배로 인해 리처드 3세는 몰락하고, 요크 가문 또한 몰락한다. 이 전투의 승리를 통해 리치먼드는 장미전쟁을 종식시키고, 헨리 7세에 등극하여 튜더 왕조를 개창한다.

작
품
설
명

　　1593년경에 공연된 작품으로 추정되고 있는 셰익스피어의 『리처드
3세』(*Richard III*)는 랭커스터 가문과 요크 가문의 왕권 다툼을 배경으로
삼고 있다. 플랜태저넷 왕가에서 뻗어 나온 헨리 4세가 1399년 사촌인
리처드 2세를 폐위시키고 랭커스터 왕가 출신의 첫 번째 잉글랜드 왕이
되었다. 이후 그의 아들 헨리 5세와 손자 헨리 6세가 차례로 왕위를 계
승했다. 헨리 6세는 1422년 8월, 생후 9개월에 잉글랜드 왕에 즉위했고,
그 해 10월 외조부인 프랑스의 왕 샤를 6세가 사망하자, 트루아조약에
따라 프랑스 왕을 겸했다. 그러나 1453년에는 칼레 이외의 영토를 모두
잃고 대륙에서 추방되어 잉글랜드와 프랑스 사이의 백년전쟁은 종결되
었다. 헨리 6세가 미성년 시절에는 숙부인 베드포드 공작 존과 글로스터
공작 험프리가 섭정했다. 헨리 6세 치세 동안 그를 지지하는 랭커스터파
와 요크 공작 리처드 플랜태저넷(1415～1460)을 지지하는 요크파가 대
립했는데, 양가의 문장(紋章)이 각각 붉은 장미와 흰 장미였기 때문에 이
싸움을 장미전쟁(1455～1485)이라 불렀다.

장미전쟁을 겪으면서 왕위는 플랜태저넷 왕조에서 뻗어 나온 또 다른 왕가인 요크 가문에게로 넘어갔다. 1461년, 요크 공작을 지지하는 요크파가 랭커스터파를 무찌르고 요크 공작 리처드의 장남을 잉글랜드 왕에 옹립해 에드워드 4세(재위 1461~1470, 1471~1483)라 칭했다. 9년 후인 1470년 랭커스터파가 다시 요크파를 몰아내고 헨리 6세가 복귀했지만 이듬해에는 다시 권력을 잡은 에드워드 4세가 헨리 6세를 런던탑에 가두고 살해했다. 그러므로 1470년에서 1471년은 에드워드 4세의 통치 공백 기간이다.

에드워드 4세의 통치 후반부에 그의 동생 글로스터 공작 리처드는 병이 들어 판단력이 무뎌진 에드워드 4세를 자극해 둘째형인 클래런스 공작을 반역으로 몰아 죽였다. 그러고는 에드워드 4세 사후 에드워드 5세의 왕위를 찬탈하고 왕위에 올라 리처드 3세가 되었다. 그리하여 요크 왕가는 세 명의 잉글랜드 왕인 에드워드 4세, 에드워드 5세(1470~1483, 재위 1483년 4~6월), 리처드 3세(재위 1483~1485)를 배출했다. 셰익스피어의 『리처드 3세』는 이 세 명의 요크 가문 왕들과 랭커스터 가문의 외손으로 헨리 7세(재위 1485~1509)에 등극한 리치먼드 백작(헨리 6세의 이복동생인 제1대 리치먼드 백작 에드먼드 튜더의 아들)의 이야기를 담고 있다.

1485년 보즈워스(Bosworth) 전투에서 리처드 3세를 물리친 리치먼드 백작(후에 헨리 7세)은 에드워드 4세의 딸 엘리자베스를 왕비로 삼고 튜더(Tudor) 왕조를 개창한다. 그리하여 잉글랜드에서 플랜태저넷 왕조의 통치는 끝났고, 튜더 왕조의 개창과 함께 장미전쟁도 끝났다. 장미전쟁과 왕권 다툼의 배경을 알기 위해 플랜태저넷 왕조에 대한 좀 더 자세히 언급이 필요할 것이다. 장미전쟁은 다름 아닌 플랜태저넷 왕조의 에드워드 3세 후손들의 왕권 다툼이기 때문이다.

로저 모티머(1371~1417)는 부계로는 리처드 2세의 추정상속인이며, 모계로는 에드워드 3세의 외손자이다. 제3대 마치 백작 에드먼드 모티머가 에드워드 3세의 손녀인 필라파 플랜태저넷과 결혼하여 낳은 자식이기 때문이다. 그런데 그녀의 딸인 앤 모티머가 에드워드 3세의 둘째 아들인 라이오넬의 조카이자 제1대 요크 공작 에드먼드의 둘째 아들인 코니스버러 리처드와 결혼하여 낳은 자식이 제3대 요크 공작 리처드 플랜태저넷(1411~1460)이다.

요크 공작 리처드는 다름 아닌 요크 왕조의 에드워드 4세와 리처드 3세의 아버지이다. 요크 공작 리처드 플랜태저넷은 자손 없이 사망한 제2대 요크 공작 노리치의 에드워드(1402~1415)의 작위를 이어받아 제3대 요크 공작이 되었고 정신 질환이 있었던 헨리 6세의 섭정을 맡기도 했다. 리처드의 어머니인 앤 모티머는 에드워드 3세의 둘째 아들인 제1대 클래런스 공작 라이오넬 플랜태저넷의 유일한 상속자였던 필라파의 손녀였다. 그리하여 에드워드 3세의 증손자이며 제1대 요크 공작 에드먼드의 손자인 동시에 제1대 클래런스 공작(에드워드 3세의 차남)의 외손인 요크 공작 리처드는 부계로나 모계로나 강력한 왕위 계승권자로 부상한다. 그리하여 그는 곤트의 존(John of Gaunt, 1340~1399)의 후손들보다 왕위 계승 서열에서 우선권이 있음을 주장하면서 랭커스터 가문과 대립했다.

잉글랜드의 헨리 6세가 정신 이상으로 정사를 제대로 보지 못하게 되자, 요크 공작 리처드는 섭정이 되어 잉글랜드를 다스렸다. 그런데 이를 왕권에 대한 위협으로 간주한 헨리 6세의 왕비인 앙주의 마가렛은 헨리 4세의 이복동생인 존 보퍼트의 도움을 받아 요크 공작 리처드를 추방하였다. 그러나 리처드는 자신이 상속한 마치 백작과 에드워드 3세의 추정상속인의 지위에 따라 병에 든 헨리 6세를 대신하여 왕위에 오를 권리가 있다고 주장하면서 군대를 몰고 돌아왔으며 이것이 장미 전쟁의 도화선이 되었다.

요크 공작 리처드는 시실리 네빌과 결혼했는데, 그녀는 제1대 웨스트몰랜드 백작인 랄프 네빌과 제1대 랭커스터 공작인 존 곤트의 딸 조안 보퍼트 사이에서 태어난 딸이다. 그러므로 조안 보퍼트는 존 곤트의 외손녀이다. 시실리는 15세기에 잉글랜드의 "킹메이커"로 불리던 워릭 백작의 고모이기도 하다. 요크 공작 리처드는 제2대 요크 공작 노리치의 에드워드의 조카이자 에드워드 3세의 증손자이다. 조부인 랭리의 에드먼드는 에드워드 3세의 넷째 아들로, 곤트의 존의 동생이었다. 요크 공작은 사실 부계로 보나 모계로 보나 왕위 계승권을 요구하는데 부족함이 없는 인물이었다. 부계로 따지자면 랭리의 에드먼드보다 곤트의 존의 서열이 우선하지만, 리처드는 자신의 어머니 앤 모티머를 통해 모계로도 에드워드 3세의 후손이라는 점을 들어 랭커스터 가문의 후손보다 자신이 왕위 계승권 서열이 높다고 주장했다. 요크 공작 리처드는 부계로는 에드워드 3세로 거슬러 올라가고, 모계로는 4대 마치 백작인 로저 모티머로 거슬러 올라가며, 마치 백작 가문은 에드워드 3세의 둘째 아들인 앤트워프의 라이오넬로 거슬러 올라가기 때문이다. 요크 공작 리처드 플랜태저넷은 1460년 웨이크필드 전투에서 42세로 전사했고 그의 시신은 랭커스터파에 의해 종이 왕관이 씌워진 채 모독을 받았다. 그러나 요크파는 마침내 랭커스터파를 격파하고, 그와 시실리 네빌과의 사이에 태어난 에드워드 4세가 잉글랜드의 왕으로 등극한다. 이렇듯 플랜태저넷 왕가와 거기서 뻗어 나온 요크 왕가와 랭커스터 왕가 후손들의 피는 혼인 관계를 통해 복잡하게 섞여 있다.

셰익스피어의 『리처드 3세』에서 언급하고 있는 에드워드 4세, 에드워드 5세, 리처드 3세는 모두 플랜태저넷 왕가에서 뻗어 나온 요크 가문 출신의 왕들이다. 랭커스터 가문의 왕관은 헨리 4세의 손자인 헨리 6세(재위 1422~1461, 1470~1471)에게 이어졌지만, 왕권 다툼에서 요크파가 승리하자 왕관은 요크 가문의 에드워드 4세(재위 1461~1470, 1471~1483)에게 넘어간다. 1464년, 22세의 독신 청년이었던 에드워드 4세는 그레이 경과 결혼하여 자식까지 낳은 5살 연상의 엘리자베스와 결혼했고, 그녀와의 사이에서 얻은 에드워드 5세(1470~1483, 재위 1483년 4~6월)가 어린 나이에 왕위를 계승한다. 그러나 글로스터 공작 리처드는 어린 조카 에드워드 5세의 왕위를 찬탈하고 리처드 3세(재위 1483~1485)에 오른다. 형제와 조카뿐만 아니라 수많은 사람들을 죽이면서 폭정을 거듭하던 리처드 3세는 마침내 1485년 보즈워스 전투에서 헨리 7세(Henry VII, 재위 1485~1509)에게 패한다. 그리하여 요크 왕조의 통치는 리처드 3세에서 끝나고, 랭커스터 가문의 외손인 헨리 7세가 튜더 왕조를 개창한다.

랭커스터 왕가의 헨리 6세와 그 주변 인물들에 대한 좀 더 자세한 설명이 필요하다. 셰익스피어의 『리처드 3세』에서 자주 언급되는 인물들이기 때문이다. 헨리 6세의 미망인인 양주의 마가렛(1430~1482)은 헨리 6세가 정신병 증세를 보이자 국정에 관여했고 랭커스터파를 이끄는 수장이 되어 요크파와 싸웠다. 그러나 마가렛은 1471년 튜커스베리(Tewkesbury) 전투에서 요크파의 포로가 되었고, 그녀의 아들인 웨스터민스터의 에드워드 황태자(1453~1471)는 전사했다. 황태자 에드워드의 미망인 앤 네빌(1456~1485)은 당시 "킹메이커"로 불리던 워릭 백작(1428~1471)의 딸이다.

　　워릭 백작은 원래 헨리 6세의 지지자였으나, 존 보퍼트의 아들로 헨리 4세의 이복동생이었던 제2대 서머셋 공작 에드먼드 뷰퍼트와의 영지 분쟁을 계기로 요크 공작 리처드와 손을 잡고 그의 아들 에드워드를 잉글랜드의 왕위에 올렸다. 워릭 백작은 앤 네빌이 소녀 시절, 에드워드 4세의 동생인 글로스터 공작 리처드와 약혼시켰으나, 1470년 당시 에드워드 4세와 사이가 좋지 못했던 워릭 백작은 헨리 6세를 다시 잉글랜드 왕으로 복위 시키고, 딸인 앤을 헨리 6세의 장남인 웨스터민스터의 에드워드와 결혼시켰다. 그러나 앤 네빌은 1471년 남편인 에드워드와 아버지인 워릭 백작이 에드워드 4세와의 싸움에서 전사하자 글로스터 공작 리처드와 결혼했다. 그리고 1483년, 글로스터가 조카의 왕위를 찬탈하고 왕이 되자 왕비가 된다. 그러나 앤은 2년 후 1485년 리처드 3세가 보즈워스 전투에서 패하기 5개월 전에 사망했다. 앤 네빌의 언니인 이사벨 네빌은 제1대 클래런스 공작인 조지 플랜태저넷의 아내이며, 앤의 고

모할머니인 시실리 네빌은 제3대 요크 공작 리처드 플랜태저넷의 아내로 에드워드 4세와 리처드 3세의 어머니이다. 앤이 리처드 3세와 결혼함으로써 시실리 네빌은 앤의 고모할머니인 동시에 시어머니가 된다. 리처드 3세의 형 클래런스 공작 조지는 앤에게 형부이다. 대단한 권세를 누리던 워릭 백작 가문은 왕가와의 혼인을 통해 많은 왕손을 배출했다.

셰익스피어의 『리처드 3세』에서 글로스터 공작 리처드의 비중은 압도적이다. 에드워드 5세의 숙부인 그는 형인 클래런스 공작을 반역자로 몰아 죽게 하고, 조카의 왕위를 찬탈한 후 리처드 3세에 등극한다. 흔히 곱사등을 한 악당으로 묘사되고 있는 리처드 3세는 이아고와 더불어 셰익스피어 극에 등장하는 악당들 가운데 가장 악명 높은 인물이다. 리처드는 작품의 초반부에서 앤 네빌에게 끈질기게 구혼하여 결혼하는데, 그는 앤의 시아버지인 헨리 6세와 앤의 남편인 황태자 에드워드를 죽였던 장본인이다. 황태자 에드워드의 미망인인 앤 네빌은 '킹메이커'로 불리던 워릭 백작의 막내딸이며, 에드워드 4세는 워릭 백작의 도움으로 왕위에 올랐다. 에드워드 4세는 한때 그와의 불화로 왕좌를 잃었지만 다시 워릭과 헨리 6세를 무찌르고 왕위를 되찾았다.

1485년 보즈워스 전투에서 리처드 3세를 격파한 제2대 리치먼드 백작 헨리 튜더의 어머니 마가렛 보퍼트는 곤트의 존의 증손녀이고, 리치먼드의 아버지 에드먼드 튜더는 헨리 6세의 어머니인 발루아의 캐서린과 오언 튜더 사이의 아들이다. 그러므로 헨리 튜더는 모계를 통해 랭커스터 가문과 인연을 맺고 있는 인물이다. 에드먼드 튜더가 죽은 후 마가렛 보퍼트는 1472년, 요크 왕가의 지지자였고 후에 제1대 더비 백작이 되는 토머스 스탠리를 4번째 남편으로 맞이하는데, 이는 철저히 정치적이고 정략적인 결혼이었다. 처음에는 둘 사이가 좋지 않았다. 그러나 토머스 스탠리가 리처드 3세 즉위 이후 랭커스터 왕가와 마가렛의 아들인 헨리 튜더를 지지하기 시작하면서 둘의 사이는 좋아진다. 조카들을 죽이고 왕위에 오른 리처드 3세의 권위가 훼손되자 마가렛은 리처드 3세를 부정적으로 보던 에드워드 4세의 미망인 엘리자베스 우드빌에게 자신의 아들 헨리 튜더와 엘리자베스의 장녀인 요크의 엘리자베스의 결혼을 비밀리에 약속하고 그녀의 지지를 끌어낸다. 마침내 에드먼드 튜더와 마가렛 보퍼트의 아들 헨리 튜더는 1485년 보즈워스 전투에서 리처드 3세를 격파하고 헨리 7세에 즉위한다.

『리처드 3세』에서 글로스터 공작 리처드(후에 리처드 3세)는 자신이 살해한 황태자 에드워드 웨스터민스터의 미망인인 앤 네빌에게 능청스럽게 구혼하고, 온갖 감언이설로 구혼에 성공하여 앤과 결혼하는 인물이다. 작품이 시작되자 글로스터 공작 리처드는 자신의 형인 에드워드 4세가 잉글랜드의 왕이 된 지금, 인생을 기나긴 겨울처럼 만들었던 요크 가문에 대한 탄압이 끝나고 여름 같은 영광이 찾아왔다고 읊조린다. "이제 우리를 짓누르던 불만의 겨울이 가고, 요크가의 태양이 찬란히 비치는 여름이 왔다." 그러나 이 즐거운 순간에 리처드는 꼽추인 자신의 추한 모습을 다음과 같이 묘사한다. "난, 균형 잡힌 아름다운 몸으로 태어나기는커녕, 사기꾼 같은 자연에게 홀딱 속아, 불구에다가 설익어 반도 채 완성되지 않은 상태로, 때가 되기도 전에 이 세상에 보내지지 않았는가?

게다가 이렇게 절름발이에다 볼품없이 생겨먹어, 내가 절뚝거리며 지나가면 개도 짖는단 말씀이야."

꼽추의 몸으로 태어난 리처드는 요크파가 승리한 이 태평세월에도 낙(樂)이 없다. 그리하여 그는 권모술수와 음모를 통해 형인 클래런스를 반역으로 몰고 자신이 왕이 되려는 야심을 다음과 같이 드러낸다. "그래서 난 악당임을 증명하기로 결심했다. 세상의 부질없는 쾌락을 증오하며 살아야겠다. 이미 음모는 꾸며 놓았다. 위험한 서막이지. 주정꾼의 예언이나 중상묘략이나 꿈 따위로 내 형제인 클래런스와 에드워드 왕이 서로 죽도록 미워하게 만들어야지. 에드워드 왕은 진실하고 공정한 분이야. 난 간교하고 부정하고 불충한 놈이고…. 클래런스 형이 오늘 당장 투옥될 것이다"(1막 1장).

리처드는 등장하자말자 대단히 수사적인 독백을 통해 자신에 대한 관객들을 반응을 교묘하게 조종한다. 그는 왜 자신이 "악당임을 증명하기로 결심했는지"를 논리적인 수사를 통해 드러내면서 무대를 장악한다. "악당임을 증명하기로 결심"하기 전부터 리처드는 이미 악당이다. 꼽추로 태어나 흉측한 몰골을 한 리처드는 이 작품에서 두꺼비와 멧돼지의 이미지로 형상화되면서, 독을 품은 두꺼비처럼 흉측하고 멧돼지처럼 잔인한 인물로 재현되고 있다. 리처드가 실행에 옮긴 첫 번째 악행은 형인 클래런스와 에드워드 왕이 "서로 죽도록 미워하게" 만드는 것이다. 그리고 이 흉계에 성공하여 클래런스는 투옥되고 마침내 사형에 처해진다. 에드워드 왕 사후 잉글랜드의 국왕의 자리에 오르려는 길에 가로 놓인 첫 번째 걸림돌이 제거된 셈이다.

리처드의 흉계에 걸려든 인물이 클래런스만은 아니다. 그 주위의 거의 모든 이들이 그의 계략에 걸려들어 희생당한다. 그리고 그 계략을 실행에 옮기는 과정에서 리처드는 너무나 사악한 면모를 드러낸다. 그러나 음흉한 계략을 숨기고 자신의 희생물에게 다가가는 리처드의 모습은 너무나 능청스럽다. 작품의 전반부에서 앤에게 다가서는 리처드의 능청스러움은 그야말로 압권이다. 모든 "죽음의 원인 제공자인 동시에 하수인"이라고 격렬하게 자신을 비난하는 앤에게 글로스터는 다음과 같이 말한다. "당신의 미(美)가 살육의 원인이었습니다. 당신의 미(美)가 꿈속에서 날 사로잡았고, 이 세상 모든 남자들을 죽여서라도, 당신의 달콤한 품에 안겨 한 시간만이라도 살 수 있기를 바랐습니다. … 당신은 나의 빛이요 생명입니다"(1막 2장). 이것이 앤의 남편을 죽였던 글로스터가 앤에게 하는 말이다. 물론 이는 진심을 담은 말이 아니다. 필요에 의한 정략적인 찬사이다.

앤이 자신의 남편을 죽인 자에게 복수를 하겠다고 하자 글로스터는 "당신에게서 남편을 앗아 간 것은 당신에게 더 좋은 남편을 주기 위해서였소."라고 능청스럽게 답한다. 그러고는 증오심으로 불타는 앤더러 "진실한 마음을 담은 가슴을 깊이 찔러" 그곳에서 앤을 연모하는 마음을 끌어내 달라고 애원한다. 계속 격렬하게 비난하는 앤에게 글로스터는 다음과 같은 말로 승부수를 던진다. "내가 헨리 왕을 죽였소. 하지만 내가 그리하도록 한 것은 당신의 아름다움이오. 자, 서둘러요. 황태자 에드워드를 찌른 것은 바로 나요. 하지만 내가 그리하도록 한 건 천사 같은 당신 얼굴이오. 칼을 다시 집어 드시오. 아니면 나를 끌어안던가"(1막 2장).

글로스터는 자신이 황태자 에드워드를 죽이도록 한 것이 천사 같은 얼굴을 한 앤의 미모라고 변명하며, "당신을 사랑하여 당신이 사랑했던 사람을 죽인 이 손으로 당신을 더 진실하게 사랑한 이를 죽일 것"이라고 말한다. 이전의 살인이 모두 앤에 대한 사랑에서 비롯되었고 이후 있을지도 모르는 살해도 앤에 대한 사랑 때문일 것이라는 글로스터의 설득이 믿을만한 것이 아님에도 불구하고, 글로스터의 이런 능청스런 구애에 앤은 마침내 넘어가고 만다.

앤이 퇴장하자 글로스터는 다음과 같이 본심을 드러낸다. "이런 방식으로 구애를 받은 여자가 있었을까? 이런 방식으로 넘어간 여자도 있었을까? 저 여자는 이제 내 것이다. 하지만 오래 곁에 둘 생각은 없어. 원 참! 난 그녀의 남편과 시아버지를 살해한 사람 아닌가." 글로스터는 앤에게 구혼하지만 그녀를 오래 곁에 둘 생각이 없다. 다만 대권을 쟁취하는 과정에서 그녀의 존재가 도움이 되기 때문이다. 그리하여 리처드 3세에 등극한 글로스터는 앤에게 계략을 씌워 왕비의 자리에서 가차 없이 몰아낸다. 앤을 비롯한 모든 여성들은 글로스터 공작 리처드에게 적대적이고 가차 없는 저주의 말을 쏟아낸다. 글로스터는 앤에게 "지상의 낙원을 저주의 소리와 비탄의 소리로 가득 찬 지옥"으로 만들고 자행한 살육을 자행하는 "더러운 악마"이고, "더러운 병신"이고 흉측한 꼽추이며, 세상에 온갖 악행을 퍼뜨리는 "역병과 같은 인간"이고, 모든 "소름끼치는 유혈"을 초래한 냉혹하고 잔인한 인간이다(1막 2장). 하지만 이런 독설을 퍼붓는 앤에게 리처드는 능청스럽게 구혼하고 성공한다.

헨리 6세의 미망인으로 앤의 시어머니인 마가렛 왕비에게 글로스터는 "세상의 평화를 유린하는" 악한 자이고, "흉악한 악마들이 들 끓는 지옥"에 떨어질 사악한 자이고 "지옥의 자식"으로 천하게 태어난 자이고, "악마 낙인이 찍힌 병신이요 땅을 파는 멧돼지"이다. 천하고 흉측한 모습으로 태어나 어미와 아비에게 치욕을 안긴 혐오스런 자이다. 글로스터 공작 리처드에 대한 마가렛의 저주는 끝이 없다. 4막 4장에서 마가렛은 글로스터의 손에 자식을 잃은 요크 공작부인에게 다음과 같이 말한다. "지옥의 사냥개가 개집 같은 당신 자궁에서 기어 나왔소. 눈보다 이가 먼저 생겨난 그 개새끼를 어린 양들을 마구 물어뜯어 그 고결한 피를 핥는 그 개를, … 전례를 찾아볼 수 없는 포악한 개새끼를 풀어 놓아 우리를 무덤 속으로 끌고 가게 한 게 바로 당신의 그 자궁이요." 그러고는 "피에 굶주린 이 잔인한 들개가 제 어미 뱃속에서 난 피붙이들을 잡아먹게 하라"고 저주한다.

글로스터 공작 리처드의 중상모략으로 클래런스가 죽고 난 후 조카의 왕위를 찬탈하려는 리처드를 두고 그의 어머니인 요크 공작부인은 4막 4장에서 리처드를 "두꺼비 같은 놈"이라고 부르면서, "이 세상을 지옥으로 만들어" 어미를 비참하게 만든 "사납고 무모하고 거칠" 뿐만 아니라 뻔뻔스럽고 "거만하고 교활하고 비열하고 잔인한" 아들을 낳은 것을 후회한다. 이들의 대사에서 잔인하고 역겨운 리처드의 모습은 잔인하고 흉측한 두꺼비와 멧돼지, 더럽고 잔인한 개, 독을 품어 사람을 죽이는 독사, 거미줄로 옭아매는 독거미 등의 이미지로 재현된다.

글로스터는 수많은 사람들을 죽이고 리처드 3세에 등극했고, 등극해서도 수많은 사람들을 죽인다. 그리하여 작품의 후반부에서 원한을 품은 사자(死者)의 망령들이 리처드의 꿈에 나타나 그를 괴롭힌다. 리처드의 형인 클래런스 공작의 망령, 엘리자베스의 왕비의 동생 리버즈 경, 에드워드 4세의 장남인 에드워드 5세와 차남인 요크 공작의 망령, 엘리자베스 왕비와 그녀 전 남편의 아들 그레이 경, 버킹엄 공작, 그리고 헨리 6세의 망령과 그의 아들 황태자 에드워드의 망령까지 나타나 리처드 3세를 괴롭힌다. 보스워드 전투를 앞둔 전날 밤에 나타난 이들 망령으로 인해 리처드는 다음 날 리치먼드와 전투를 하기도 전에 두려움에 사로잡힌다. 전투에 패해 모든 이들이 떠난 가운데, 리처드는 "말 한필을 달라"고 절박하게 외치면서 외롭게 죽어간다. 보스워스 전투의 패배로 인해 요크 왕가는 몰락하고, 장미전쟁을 종식시킨 리치먼드는 헨리 7세에 등극하여 튜더 왕조를 개창한다.

『리처드 3세』에서 주시할 점은 리처드가 드러내는 연극성이다. 리처드는 자신이 연출한 음모의 연극을 통해 형인 클래런스를 사지로 몰아넣고, 앤을 아내로 삼는데 성공하며, 조카들을 사생아로 몰아 살해하고 왕이 된다. 그는 이 음모의 연극에서 연출자 겸 주인공으로 놀랄만한 극적에너지를 드러낸다. 그는 작품의 도입부 독백에서 불구로 태어난 자신의 처지를 들먹이면서 관객의 동정심을 확보하고 자신이 악당 역을 수행할 수밖에 없는 이유를 설득력 있게 드러낸다. 그리고 그 '악당 역'은 일련의 음모와 계략과 수사를 통해 성공한다. 그러나 왕이 되고 난 후 리처드는 더 이상 활기에 넘치는 연극성을 드러내지 못하며, 그 어느 누구도 설득하지 못한다. 그의 측근들은 떠나가며, 엘리자베스 공주에 대한 구혼도 성공하지 못한다. 자신의 본질이 아니라 연극성에 의존하던 그의 정치적 권력은 연극의 허위적인 면모가 드러나자 더 이상 힘을 발휘하지 못한다.

리처드는 자신의 연극을 만들어나가고 이를 무대에 올리지만, 작품을 포괄하는 보다 큰 연극은 '신의 섭리'라는 연극이다. 신의 섭리에 따라 리치먼드가 리처드를 물리치고 왕이 되어, 리처드가 어지럽힌 잉글랜드의 질서를 회복시킨다는 결말은 표면적으로는 틸리어드가 유포한 '튜더 신화'를 승인하는 결말이다. 그러나 신의 섭리에 따른 튜더 왕조의 개창이란 거창한 신화는 왕위 계승권자인 조카를 사생아로 몰아 혈통의 순수성을 조작하고, 왕위 계승에 관련된 백성들의 반응을 조작하면서 왕권 자체를 패러디하는 리처드에 의해 훼손된다. 리처드의 연극성은 타인의 권력뿐만 아니라 자신의 권력조차도 희화하여 드러내기 때문이다. 장미 전쟁을 통해 드러난 권력 찬탈의 역사는 곧 권력이 혈통의 정당성에 기반을 둔 것이 아니라 실제적인 힘에 의존하고 있음을 보여주며, 그리고 정치적 연극성에 의존하고 있음을 보여준다.

셰익스피어 생애 및 작품 연보

셰익스피어의 생애와 작품의 집필연대 중 일부는 비교적 정확히 기록되어 있는 자료에 의존할 수 있지만, 대부분은 막연한 자료와 기록의 부족으로 그 시기를 추정할 수밖에 없으며, 특히 작품 연보의 경우 학자들에 따라 순서나 시기에 차이가 있음을 밝힌다.

1564	잉글랜드 중부 소읍 스트랫포드 어폰 에이번Stratford-upon-Avon 출생(4월 23일). 가죽 가공과 장갑 제조업 등 상공업에 종사하면서 마을 유지가 되어 1568년에는 읍장에 해당하는 직high bailiff을 지낸 경력이 있는 존 셰익스피어와, 인근 마을의 부농 출신으로 어느 정도 재산을 상속받은 메리 아든Mary Arden 사이에서 셋째로 출생. 유복한 가정의 아들로 유년시절을 보냄.
1571	마을의 문법학교Grammar School에 입학했을 것으로 추정.
1578	문법학교를 졸업했을 것으로 추정. 졸업 무렵 부친 존은 세금도 내지 못하고 집을 담보로 40파운드 빚을 냄.
1579	부친 존이 아내가 상속받은 소유지와 집을 팔 정도로 가세가 갑자기 어려워짐.
1582	18세에 부농 집안의 딸로 8년 연상인 26세의 앤 해서웨이 Anne Hathaway와 결혼(11월 27일 결혼 허가 기록).
1583	결혼 후 6개월 만에 맏딸 수잔나Susanna 탄생(5월 26일 세례 기록).

1585	아들 햄넷Hamnet과 딸 쥬디스Judith(이란성 쌍둥이) 탄생(2월 2일 세례 기록).
1585~1592	'행방불명 기간'lost years으로 알려진 8년간의 행방에 관한 자료가 거의 없음. 학교 선생, 변호사, 군인, 혹은 선원이 되었을 것으로 다양하게 추측. 대체로 쌍둥이 출생 이후 어떤 시점(1587년)에 식구들을 두고 런던으로 상경하여 극단에 참여, 지방과 런던에서 배우이자 극작가로서 경험을 쌓았을 것으로 추측.
1590~1594	1기(습작기): 주로 사극과 희극 집필.
1590~1591	초기 희극 『베로나의 두 신사』(The Two Gentlemen of Verona) 『말괄량이 길들이기』(The Taming of the Shrew)
1591	『헨리 6세 제2부』(Henry VI, Part II)(공저 가능성) 『헨리 6세 제3부』(Henry VI, Part III)(공저 가능성)
1592	『헨리 6세 제1부』(Henry VI, Part I)(토머스 내쉬Thomas Nashe와 공저 추정) 『타이터스 안드로니커스』(Titus Andronicus)(조지 필George Peele과 공동 집필/개작 추정)
1592~1593	『리처드 3세』(Richard III)
1592~1594	봄까지 흑사병 때문에 런던의 극장들이 폐쇄됨.
1593	「비너스와 아도니스」(Venus and Adonis)(시집)
1594	「루크리스의 강간」(The Rape of Lucrece)(시집) 두 시집 모두 자신이 직접 인쇄 작업을 담당했던 것으로 추

정되며, 사우샘프턴 백작The third Earl of Southampton에게 헌사
하는 형식.

챔벌린 극단Lord Chamberlain's Men의 배우 및 극작가, 주주로
서 활동.

1593~1603 및 이후 『소네트』(*Sonnets*)

1594   『실수 연발』(*The Comedy of Errors*)

1594~1595   『사랑의 헛수고』(*Love's Labour's Lost*)

1595~1600   2기(성장기): 낭만희극, 희극, 사극, 로마극 등 다양한 장르
집필.

1595~1596   『로미오와 줄리엣』(*Romeo and Juliet*)

                 『리처드 2세』(*Richard II*)

                 『한여름 밤의 꿈』(*A Midsummer Night's Dream*)

                 『존 왕』(*King John*)

1596   아들 햄넷 사망(11세, 8월 11일 매장).

                 부친의 가족 문장 사용 신청을 주도하여 허락됨(10월 20일).

1596~1597   『베니스의 상인』(*The Merchant of Venice*)

                 『헨리 4세 제1부』(*Henry IV, Part I*)

                 스트랫포드에 뉴 플레이스 저택Great House of New Place 구입
(마을에서 두 번째로 큰 저택으로 런던 생활 후 은퇴해서 죽
을 때까지 그곳에 기거).

1598   벤 존슨Ben Jonson의 희곡 무대에 출연.

1598~1599   『헨리 4세 제2부』(*Henry IV, Part II*)

                 『헛소동』(*Much Ado About Nothing*)

『헨리 5세』(*Henry V*)

1599   시어터 극장The Theatre에서 공연하던 셰익스피어의 극단이 땅 주인의 임대계약 연장을 거부하자 '극장'을 분해하여 템즈강 남쪽 뱅크사이드 구역으로 옮겨 글로브 극장The Globe을 짓고 이곳에서 공연. 지분을 투자하여 극장 공동 경영자가 됨.

1599~1600   『줄리어스 시저』(*Julius Caesar*)
『좋으실 대로』(*As You Like It*)

1601~1608   3기(원숙기): 주로 4대 비극작품이 집필, 공연된 인생의 절정기

1600~1601   『햄릿』(*Hamlet*)
『윈저의 즐거운 아낙네들』(*The Merry Wives of Windsor*)
『십이야』(*Twelfth Night*)

1601   「불사조와 거북」(*The Phoenix and the Turtle*)(시집)
아버지 존 사망(9월 8일 장례).

1601~1602   『트로일러스와 크레시다』(*Troilus and Cressida*)

1603   엘리자베스 여왕 사망(3월 24일). 추밀원이 스코틀랜드의 제임스 6세를 잉글랜드의 제임스 1세로 선포.
제임스 1세 런던 도착(5월 7일) 후 셰익스피어 극단 명칭이 챔벌린 경의 극단에서 국왕의 후원을 받는 국왕 극단King's Men으로 격상되는 영예(5월 19일).
제임스 1세 즉위(7월 25일).

1603~1604   『자에는 자로』(*Measure for Measure*)
『오셀로』(*Othello*)

1605   『끝이 좋으면 모두 좋다』(*All's Well That Ends Well*)

『아테네의 타이몬』(*Timon of Athens*)(토머스 미들턴Thomas Middleton과 공동작업)

| 1605~1606 | 『리어 왕』(*King Lear*) |

1606 『맥베스』(*Macbeth*)

『안토니와 클레오파트라』(*Antony and Cleopatra*)

1607 딸 수잔나, 성공적인 내과의사인 존 홀John Hall과 결혼(6월 5일).

1607~1608 『페리클레스』(*Pericles*)(조지 윌킨스George Wilkins와 공동작업)

『코리올레이너스』(*Coriolanus*)

1608~1613 제4기: 일련의 희비극 집필.

1608 셰익스피어 극장이 실내 극장인 블랙프라이어스Blackfriars 극장을 동료배우들과 함께 합자하여 임대함(8월 9일).

어머니 메리 사망(9월 9일 장례).

1609 셰익스피어 극장이 블랙프라이어스 극장 흡수, 글로브 극장과 함께 두 개의 극장 소유.

1609~1610 『심벌린』(*Cymbeline*)

1610~1611 『겨울 이야기』(*The Winter's Tale*)

『태풍』(*The Tempest*)

1611 고향 스트랫포드로 돌아가 은퇴 추정.

1613 『헨리 8세』(*Henry VIII*)(존 플레처John Fletcher와 공동작업설)

『헨리 8세』 공연 도중 글로브 극장 화재로 전소됨(6월 29일).

1613~1614 『두 귀족 친척』(*The Two Noble Kinsmen*)(존 플레처와 공동작업)

1614~1616 말년: 주로 고향 스트랫포드의 뉴 플레이스 저택에서 행복하

고 평온한 삶 영위.

1616	둘째 딸 쥬디스, 포도주 상인 토마스 퀴니Thomas Quiney와 결혼(2월 10일).

쥬디스의 상속분을 퀴니가 장악하지 않도록 유언장 수정(3월 25일).

스트랫포드에서 사망(4월 23일. 성 삼위일체 교회 내에 안장).

1623	『페리클레스』를 제외한 36편의 극작품들이 글로브 극장 시절 동료 배우 존 헤밍John Heminge과 헨리 콘델Henry Condell이 편집한 전집 초판인 제1이절판으로 출판됨.

아내 앤 해서웨이 사망(8월 6일).

옮긴이 **김종환**

1981년 계명대학교 영문과를 졸업하고 1992년 미국 네브래스카 주립대학교에서 박사학위를 취득했으며, 1986년부터 계명대학교 영문학과 교수로 재직하고 있다. 1995년에 재남우수논문상(한국영어영문학회)을 수상했고, 1998년에는 제1회 셰익스피어학회 우수논문상을, 2006년에는 원암학술상을 수상한 바 있다. 한국영어영문학회 부회장을 역임했으며 현재 한국셰익스피어학회의 편집이사로 활동하고 있다. 저서로는 『셰익스피어와 타자』와 『셰익스피어와 현대비평』, 『셰익스피어 연극 사전』(공저)이 있으며 세 권 모두 학술원 우수학술도서로 선정되었다. 그 외 저서로 『인종담론과 성(性)담론』과 『음악과 영화가 만난 길에서』가 있다. 번역서로는 셰익스피어의 4대 비극과 『로미오와 줄리엣』, 『한여름 밤의 꿈』, 『베니스의 상인』, 『줄리어스 시저』, 『헨리 5세』, 그리고 소포클레스의 『오이디푸스 왕』, 『안티고네』, 『콜로노스의 오이디푸스』, 『엘렉트라』, 아이스킬로스의 『사슬에 묶인 프로메테우스』와 『오레스테이아』 3부작, 에우리피데스의 『메데이아』와 『엘렉트라』가 있으며, 편저로는 『명대사로 읽는 셰익스피어 비극』과 『명대사로 읽는 셰익스피어 희극』이 있다.

리처드 3세

초판 2쇄 발행일 2017년 3월 10일

옮긴이 김종환
발행인 이성모
발행처 도서출판 동인
주 소 서울시 종로구 혜화로3길 5 118호
등 록 제1-1599호
TEL (02) 765-7145 / FAX (02) 765-7165
E-mail dongin60@chol.com
I S B N 978-89-5506-589-3
정 가 12,000원

※ 잘못 만들어진 책은 바꿔 드립니다.